嫉妬と階級の『源氏物語』

大塚ひかり

新潮選書

はじめに　『源氏物語』は嫉妬に貫かれた「大河ドラマ」

『源氏物語』が大河ドラマになる。

正確には『源氏物語』を書いた紫式部が大河ドラマの主役になるらしいのだが……実は、『源氏物語』そのものが大河ドラマであることは、案外見過ごされがちかもしれない。

『源氏物語』というと、源氏とその子らの恋と政治のドラマと思われがちだが、ストーリーは四代七十六年以上にわたる長大なものだ。物語の終盤では横川《よかわ》の僧都《そうず》という、紫式部と同時代の人物をモデルにしたことが明白な僧侶が登場し、そこに至って当時の読者は「これは現代の物語である」と気づく構造になっている。

物語の幕開けの時代設定は、展開する音楽の研究から、延喜・天暦の治と讃えられた醍醐・村上天皇の御代、つまり紫式部が生きていた一条天皇の時代から遡ること百年近く前であることが分かっている（山田孝雄『源氏物語の音楽』）。

『源氏物語』は、当時の人にとって理想的な時代を起点として紡がれた、時代劇から現代劇にスライドする大河ドラマなのである。

ここで『源氏物語』の構成をざっくり説明しておくと……。

物語は全五十四帖からなり、「桐壺」巻から「藤裏葉」巻までの第一部では、主人公の源氏が苦難を乗り越えながら、准太上天皇にまで出世し、一族が繁栄する様が描かれている。

そして、「若菜上」巻から「幻」巻（そのあとに源氏の死を暗示する巻名だけの「雲隠」巻が置かれる）までの第二部では、源氏の幸せに陰りが見える。

以上二部は「正編」とも呼ばれる。

第三部の「匂宮」巻以降は源氏の子孫たちの物語となり、そのうち「橋姫」巻から最終巻の「夢浮橋」巻までは、宇治を舞台に展開することから「宇治十帖」と呼ばれる。彼らには〝光る源氏〟と呼ばれた正編の主人公のような美質はなく、資質も心根も劣ったダメ人間たちの、すれ違いの物語が展開、男も女も、親も子も分かり合えぬまま、長大な物語は幕引きとなる。

そんな『源氏物語』はさまざまな切り口で語られてきた。私自身も「親子関係」や「身体描写」など色々なアプローチをしてきたが、物語の大きなテーマは「嫉妬」と「階級」であると思っている。

『源氏物語』の嫉妬というと、有名なのが六条御息所で、彼女は主人公である源氏の正式な妻になれず、その正妻を取り殺すなどしたという設定になっている。

にもかかわらず、『源氏物語』ではかなり人気の高い女君である。

高い身分と教養を備え、世間からの声望も高い。階級的には、源氏に愛されてしかるべき人物だ。けれど男より七歳年上（計算によっては十六歳上）という負い目も手伝って、源氏からの歌に即レスしたり、執着心を捨てきれず、鬱陶しい態度になってしまう。それで思うように愛されず、源氏の愛する女たちに嫉妬してしまうという彼女のあり方が、現代人の生きづらさに重なるものがあるからだろう。

ここで肝心なのは、彼女を嫉妬に駆り立てるのは、本来なら得られてしかるべき愛情を得られていないという思いに加え、自分の能力や階級と同等か、それより劣るかに見える女が、源氏に愛されているという思いである。けれど追々書いていくように、実は六条御息所はそんな自分の嫉妬心に自覚的ではない。自分が「嫉妬している」と認めることは自分の劣位を認めることになるので、プライドの高い彼女にはそれができなかったのだ。

しかし彼女がどんなに能力があろうとも、愛においては劣位にあった。身分においても……亡き前東宮の愛妃で、世間の人からどんなに尊敬されていようと……現状は、高貴でパワフルな親がバックについた、正妻の葵の上には及ばなかった。

嫉妬には、このように、必ず階級が絡み、そこには自己認識と世間の評価とのズレが関わってくる。

自分がコミュニティのどの位置にいるか、つまりはどの階級にいるか、人間は無意識に確認し、結果、意に反した状況であれば、ライバルを引きずり落としたい、自分が上になりたいと、絶えず「嫉妬」と「階級」の狭間であえぎ、生きているのだ。

『源氏物語』は、こうした人間の生の根源に迫っている。

〝いづれの御時にか、女御更衣《にょうごかうい》あまたさぶらひたまひける中に、いとやむごとなき際《きは》にはあらぬが、すぐれて時めきたまふありけり〟

物語はしょっぱなから、女御、更衣という天皇の妻のランクを示す。

しかも追々詳しく触れるように、どのランクをあてがわれるかは、出身階層によってほぼ決まっている。

こうしたランクのある天皇の妻たちの中でも「大して高貴な身分ではない」のに「ひときわミカドのご寵愛を受けている」、つまり、「階級にそぐわぬ良い目にあっている」人がいたというのであるから、一文目から読者は波乱の展開を予感する。

案の定、

〝はじめより我はと思ひあがりたまへる御方々、めざましきものにおとしめそねみたまふ〟

「我こそは」というプライドのある高貴な出自の女たちは、心外な者よと彼女を見下し、嫉《そね》んだ。

とはいえ、件《くだん》の女よりハイレベルの地位にある人々には、

「自分たちはあの女より身分では勝っている」

という余裕があり、「あんな女」と貶めることができる分だけ、まだましだ。

〝同じほど、それより下臈《げらふ》の更衣たちは、ましてやすからず〟

女と同等、それ以下のランクの更衣たちは、まして穏やかな気持ちではいられない。

このくだりは、嫉妬の仕組みを如実に語っている。

嫉妬とは、近い立場の者ほど激しくなる。

「私だって彼女と大して変わらないのに、なぜあいつだけが」

という思いになるからだ。

嫉妬と階級は切っても切れない関係にあるということを『源氏物語』は冒頭で浮き彫りにする。同時に、〝それより下臈の更衣〟という表現からは、同じ更衣でも細かなランクがあったことがうかがえる。

『源氏物語』にはじめに描かれるのは嫉妬と階級であり、それこそが物語を貫く大動脈なのである。

嫉妬と階級の『源氏物語』　目次

嫉妬と階級の『源氏物語』

第一章　『源氏物語』は「ｉｆの物語」？

『源氏物語』の冒頭には、嫉妬と階級が描かれている。

これらは物語を貫く大動脈でもある。

紫式部は、なぜこんな物語を綴り始めたのか。

嫉妬と階級に苦しむ女や男の姿を描くことで、何を言いたかったのか。

それを知るには『源氏物語』の起点となった醍醐朝と、紫式部の出自をたどる必要がある。

上流だった紫式部の先祖

『源氏物語』の起点となった醍醐朝とはいかなる時代だったのか。

摂政・関白を置かず……ということは藤原氏の専横を許さず、天皇親政の行われた時代だったと言われている。が、後宮には藤原氏の女たちが大勢いたし、治世のはじめには父・宇多院に重用され右大臣にまで出世した菅原道真を、左大臣藤原時平の意を受けて左遷したという暗部もあった。

『大鏡』によれば、醍醐天皇は道真に厳しい処置をとり、配流先も子息たちとは別々にした。そのせいか醍醐天皇は、『北野天神縁起』では、道真の怨霊による清涼殿の落雷後、間もなく崩御したとされ、高僧の日蔵《にちぞう》は地獄で苦しむ醍醐天皇に会ったと記されており、地獄に堕ちたという設定の『源氏物語』の桐壺帝のモデル説の根拠の一つともなっている。

『源氏物語』の桐壺帝は、明らかに醍醐天皇と重なっているのだ。

藤原氏……それも藤原北家《ほっけ》の中の道長一家という狭い血筋が、天皇家の外戚をほぼ独占していた時代に、このような天皇親政の時代が理想とされ、なつかしまれていたというのは、考えてみれば興味深いことで、その陰には道長の専横を快く思わぬ勢力、もしくは天皇親政こそ理想の政治と考える勢力が多数いたことを示していよう。しかも道長の家に仕える立場の紫式部が、こうした物語の設定をしていたことはなおさら興味がそそられる。


さて、そんな醍醐天皇の後宮には、多くの女御更衣が仕えていた。

時平の同母妹で、のちに中宮（皇后）となる穏子のほか、妃には光孝天皇の皇女の為子内親王、女御に同じく光孝天皇の皇女・源和子、右大臣藤原定方の娘、定方の兄・定国の娘・和香子、更衣となるとさらに多くて、藤原菅根の娘・淑姫、源唱の娘・周子、藤原兼輔の娘・桑子、源昇の娘、藤原連永の娘・鮮子、源旧鑒の娘等々がいる。

〝いづれの御時にか、女御更衣あまたさぶらひたまひける中に〟

という『源氏物語』の出だしがほうふつされる。

この醍醐の後宮に、紫式部の先祖がいる《紫式部系図》。

更衣の桑子は、紫式部の父・為時の父方オバで、女御の定方の娘と、定国の娘・和香子は、桑子のはとこに当たる。

紫式部の先祖たちは、聖代と言われた醍醐の後宮に数多く入内《じゅだい》しているのだ。

平安中期、天皇の妻には、上から中宮（皇后の別名）→女御→更衣という序列があった。

が、更衣は冷泉朝以後、記録から姿を消しており、紫式部の生きた一条朝にはすでに表立った存在ではなかった（後藤祥子「宮廷と後宮」……山中裕編『源氏物語を読む』）。

ここからも、『源氏物語』の時代設定がうかがえるわけだが、こうしたグレードは親の身分によって決まっていて、女御の親は摂関・大臣クラス、更衣の親は納言以下のクラスだった。更衣桑子を入内させた紫式部の曾祖父・兼輔は中納言、女御の父・定方は右大臣。女御和香子の父・定国は大納言だが、醍醐の母方オジであることが有利に働いていたのだろう。

こうしてみると、紫式部の先祖というのはかなりの上流に属していることが分かる。

『源氏物語』の作者で、一条天皇の中宮彰子に仕えていた紫式部は、同じ一条天皇の皇后定子に仕えていた、『枕草子』の作者の清少納言と、何かにつけて比較されがちだが、出自は相当違う。

二人の父親は、共に中央から地方に派遣され、現地を治める受領《ずりょう》階級に属している。が、清少納言の先祖が天武天皇の流れを汲むとはいえ、曾祖父・深養《ふかや》父《ぶ》の代にはすでに従五位下の受領階級に成り下がっていたのに対し、紫式部の曾祖父・兼輔は従三位中納言である。三位以上が上流

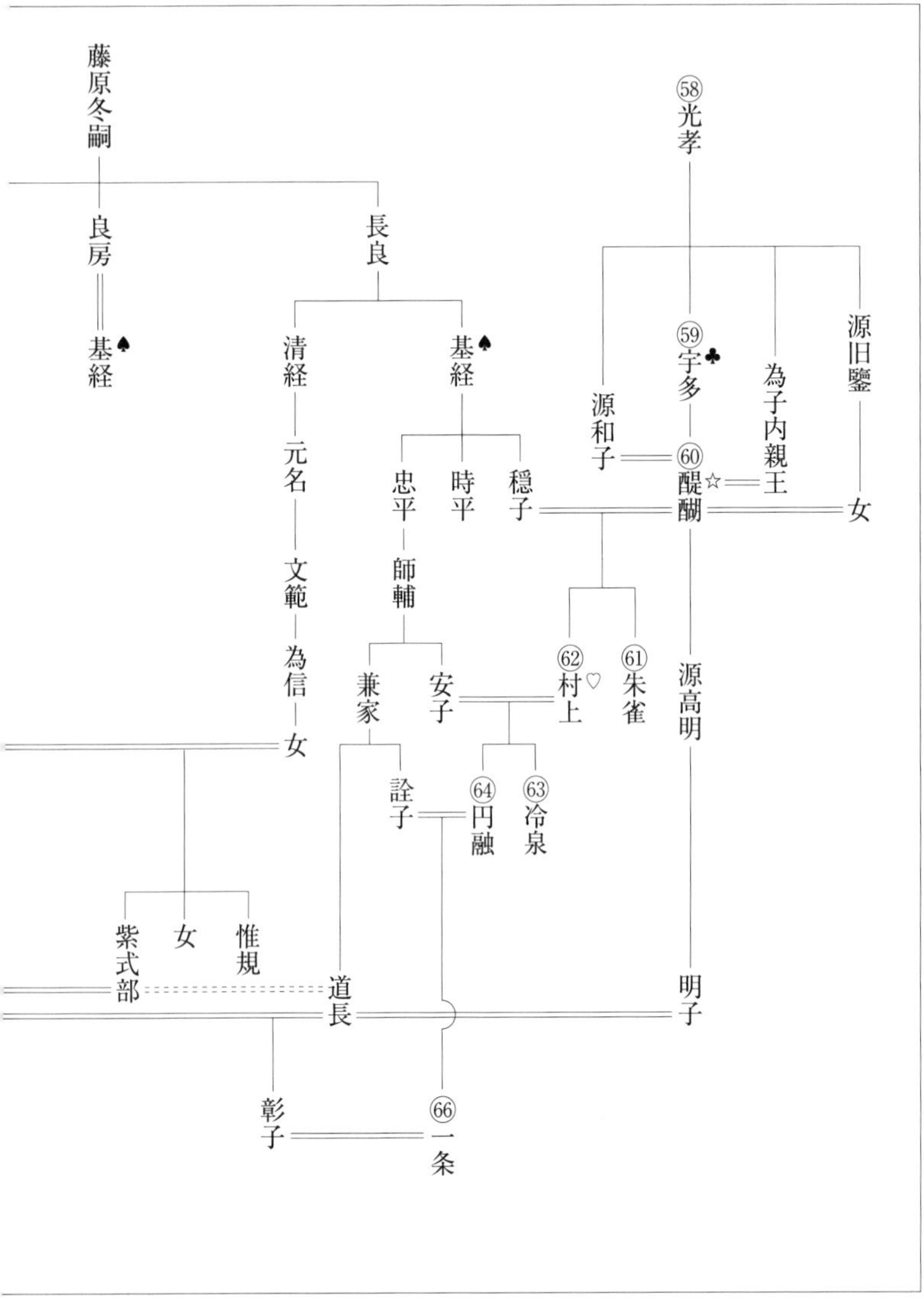

藤原冬嗣
良房
基経♠
長良
清経
基経♠
元名
文範
為信
女
忠平
時平
穏子
師輔
兼家
安子
詮子
⑤⑧光孝
⑤⑨宇多♣
源和子
⑥⓪醍醐☆
為子内親王
源旧鑒
女
⑥②村上♡
⑥①朱雀
源高明
⑥④円融
⑥③冷泉
紫式部
女
惟規
道長
明子
彰子
⑥⑥一条

紫式部系図

『権記』『栄花物語』『大鏡』『尊卑分脈』
『後撰和歌集』『本朝皇胤紹運録』により作成

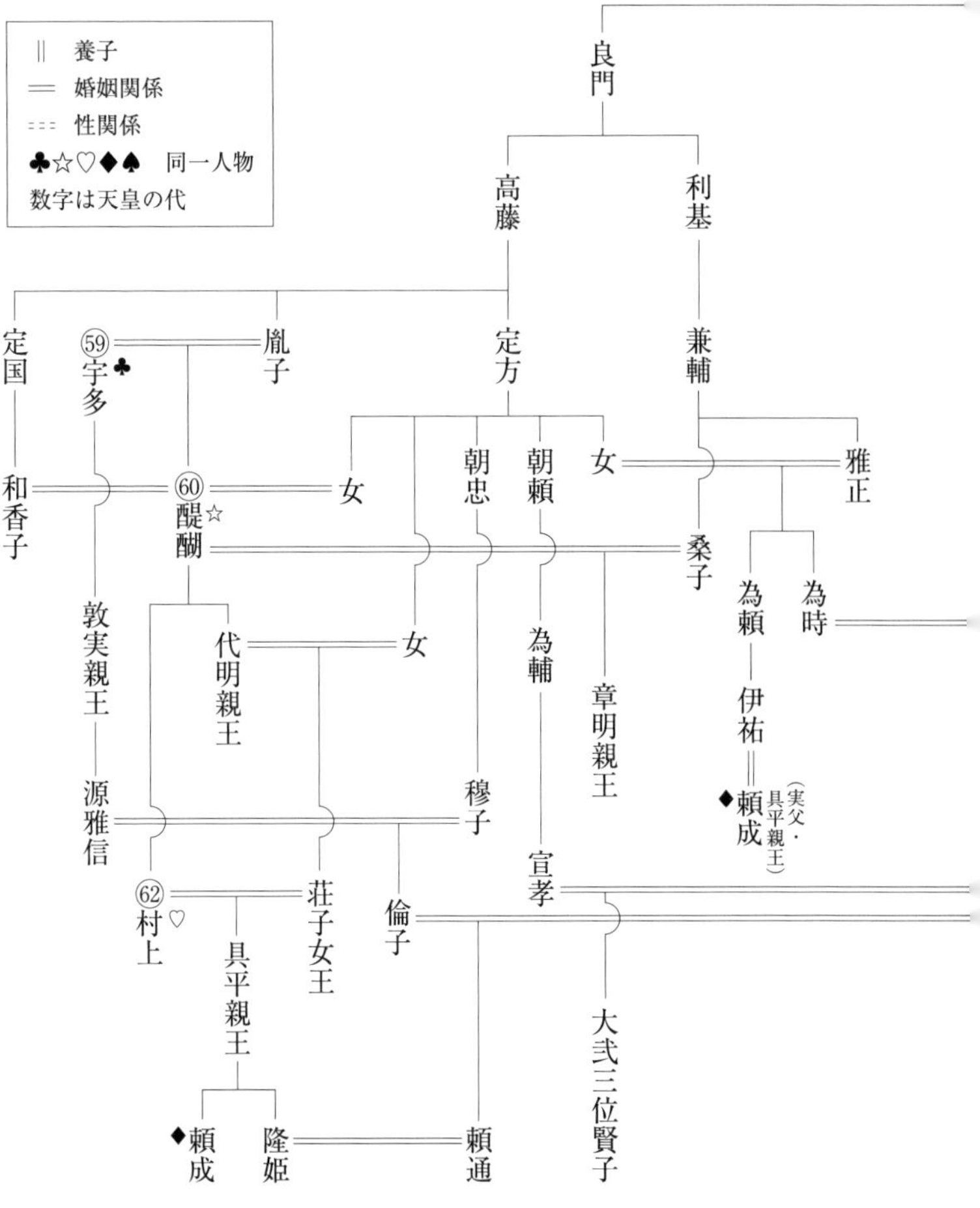

階級とされていた当時、この違いは大きい。

山本淳子が指摘するように、兼輔のサロンには、深養父や、『古今和歌集』の撰者の一人で、『土佐日記』の作者でもある紀貫之が出入りしていた。

「清少納言と私のことを、同じ受領階級に属するなどと、一緒にしないでほしいものだ。私の家は、少なくとも三代前には文化の庇護者、歌人たちの盟主だった。あちらは父親の清原元輔がようやく周防守など遠国《おんごく》の国司になって息をついたような家ではないか」（山本淳子『私が源氏物語を書いたわけ――紫式部ひとり語り』）

紫式部の本音というのは、まさに山本氏によるこの代弁そのものであったと思う。

清少納言と紫式部の違い

先の系図を見てほしい。

道長や妻の源倫子、紫式部や夫の藤原宣孝の血筋の「近さ」が改めて痛感される。こうした「近い」血縁内で、主従関係が出来上がっているのが当時の貴族社会の常とはいえ、紫式部は清少納言以上に権力に「近かった」ということをまずは頭に入れておきたい。

その前提を得ると、宮仕えに対する清少納言とのスタンスの違いも理解しやすい。清少納言は、「宮仕えする女を浅はかで悪いことのように言ったり思ったりする男なんかはほんとに憎らしい」（〃宮仕へする人を、あはあはしうわるき事に言ひ思ひたる男などこそ、いとにくけれ〃）

（『枕草子』「生ひさきなく、まめやかに」段）

と主張したものだ。一方、紫式部は、

「しみじみと交流していた人も、宮仕えに出た私をどんなに厚顔で心の浅い人間と軽蔑するだろうと想像すると、そう考えることすら恥ずかしくて連絡もできない」（〝あはれなりし人の語らひしあたりも、われをいかにおもなく心浅きものと思ひおとすらむと、おしはかるに、それさへいと恥づかしくて、えおとづれやらず〟）（『紫式部日記』）

と、宮仕えに対して複雑な思いをにじませている。

貴婦人が親兄弟や夫以外の男に顔を見せなかった当時、男に顔を見られるということは、体をゆるすことを意味していた。それもあって、仕事柄、多くの人に顔を見られる宮仕えは、良家の子女がすべきではないという考え方があったのだ。実際、女房は公達の気軽な性の相手となりがちだ。これに関しても清少納言と紫式部はとらえ方が違っていて、公達が女房の局《つぼね》を訪ねる沓音《くつ》が内裏では一晩中、聞こえることに、清少納言が〝をかし〟と風情を感じているのに対し、紫式部は〝心のうちのすさまじきかな〟（心の中が荒涼とするよ）と嘆いている。

が、歴史物語の『栄花物語』を見ると、当時は大臣クラスの娘でも宮仕えに出ていた時代である（巻第八、巻第十一など）。

紫式部の気持ちは態度にも表れていたのだろう。彼女はともすると、「あんた何様？」と見られていた。『紫式部集』には、

「こんなにも落ち込んでもよさそうな身の上なのに、ずいぶん上流ぶっているわねと、女房が言

っていたのを聞いて」（〝かばかりも思ひ屈《くん》じぬべき身を、「いといたうも上衆《じやうず》めくかな」と人の言ひけるを聞きて〟）

詠んだという詞書《ことばがき》のついた歌が載っている。

「こんなにも落ち込んでもよさそうな身の上」（〝かばかりも思ひ屈じぬべき身〟）の解釈については、「紫式部自身が、ふさぎ込んで当然の身の上と思っている」「他人が紫式部を、ふさぎ込んで当然の身の上と思っている」の二説あるが、いずれにしても、紫式部は「何様？」と人に思われていた。「上流ぶっている」「お高くとまっている」と。

清少納言と紫式部は、女主人に対する見方も対照的だ。

清少納言ははじめて定子のもとに出仕した時、緊張に打ち震えながらも定子の美しい手が袖の先からのぞくのを見て、

「このような方もこの世にはいらしたのだ」（〝かかる人こそは、世におはしましけれ〟）

と、目が覚めるような気持ちで見つめずにはいられなかった（『枕草子』「宮にはじめてまゐりたるころ」段）。

一方の紫式部は、皇子を生んで国母《こくも》と崇められる彰子の姿を、

「このように〝国の親〟（国母）ともてはやされるような端麗なご様子にも見えず、少し苦しげに面痩せて、おやすみになっているお姿は、ふだんよりも弱々しく、若く可愛らしげである」

（〝かく国の親ともてさわがれたまひ、うるはしき御けしきにも見えさせたまはず、すこしうちな

やみ、おもやせて、おほとのごもれる御有様、つねよりもあえかに、若くうつくしげなり〟

(『紫式部日記』)

と描写している。

清少納言にとって女主人は絶対的な存在であるのに対し、紫式部にとっては同じ人間としての苦しみを持つ存在だった。

これはあとで見るように、紫式部の類いまれな共感能力のなせるわざで、それが作家としての才能にもつながったわけだが、この姿勢が、どんなに高貴な人にも苦悩はあるという『源氏物語』の設定を生んだのである。いずれにしても、厳しい身分社会だった当時、女主人に、ややもすると上から目線で人間としての苦しみを見たのは、紫式部に相応のプライドがあったからに他なるまい。

紫式部の希有な共感能力とプライド

こうした前提で以て、再び紫式部の出自に目を向けると、彼女の父方祖母の姉妹の孫には具平《ともひら》親王がいる。

具平親王は当時、最も尊敬されていた文壇の中心人物だ。道長は、この親王の娘に長男・頼通を縁づけているのだが、その時、紫式部を、

「親王家に縁故のある人」(〝そなたの心よせある人〟)

と見なして相談していた。紫式部の父・為時はかつて具平親王の家司《けいし》であったらしく、紫式部もこの宮に仕えたことがあったらしい（新編日本古典文学全集『紫式部日記』校注）。紫式部はそれにつけても、

「心の中ではさまざまな思いに暮れることが多かった」（〝心のうちは、思ひゐたることおほかり〟）

と書き、彰子の皇子出産とその後の華やかな祝いの有様を綴っていた『紫式部日記』は、この記事を境に暗いトーンに転ずる。

実は、紫式部の父方いとこの伊祐《これすけ》の子の頼成《よりしげ》は、具平親王の落胤《らくいん》である。そう同時代の藤原行成の日記『権記《ごんき》』（寛弘八年正月条）に書かれている。ちなみに具平親王は、『古今著聞集《ここんちょもんじゅう》』によると、〝大顔〟と呼ばれる雑仕女《ぞうしめ》（下級女官）を〝最愛〟して子をもうけ、大顔は月の明るい夜、親王に伴われて行った寺で〝物〟（物の怪）にとられて変死しており（巻第十三）、『源氏物語』の夕顔のモデルとされている。

大顔のような下級女官がお手つきとなって継続的に愛されるのは珍しいだろうが、女房クラスの女が愛されることはありがちで、紫式部も道長の〝召人《めしうど》〟といわれる。

召人とは、主人と男女の関係になった女房のことで、妻はもちろん、恋人とすら見なされていなかったものの、普通の女房よりは上の立場である。

紫式部は夫と死別後、まだ幼い子を抱え、道長の娘・彰子の家庭教師として仕えるが、南北朝時代にできた系図集『尊卑分脈』には〝御堂関白道長妾云々〟とあり、道長の召人でもあったこ

とはほぼ通説となっている。

しかも紫式部と道長の六代前の先祖は同じ左大臣藤原冬嗣であり、道長の正妻の源倫子の母・藤原穆子は、紫式部の父・為時の母方いとこに当たる。

紫式部のプロフィールをまとめると、

1　紫式部の祖父や父、夫は受領階級（中流貴族）に属すが、自身も夫も先祖は上流に属し、血縁には高貴な人々が少なからずいた。
2　曾祖父は娘を天皇に入内させ、一族からは皇子も生まれていた。
3　紫式部は文壇の中心人物と昵懇で、最高権力者である藤原道長のお手つきだった。
4　夫と死別した紫式部は先祖を一にする藤原道長やその娘に仕えていた。

ここから見えてくる紫式部像は、

「先祖は上流だったのに、祖父の代には落ちぶれて、自身も夫を亡くし、家庭教師という特別待遇ながらも、人に仕える立場に成り下がっていた」

である。そんな紫式部に〝上衆めく〟振る舞いがあったとしても不思議はあるまい。

『源氏物語』は紫式部の願望が生んだ「ｉｆの物語」？

紫式部は〝上衆めく〟一面のある一方で、苦悩を抱える最底辺の人々に、自分を重ねてもいる。これまた、

「似つかわしくないもの。下衆の家に雪が降っているの。また、月が射し込んでいるのも残念だ」（〝にげなきもの　下衆の家に雪の降りたる。また、月のさし入りたるもくちをし〟）（『枕草子』「にげなきもの」段）

と、下衆に対して冷たい視線を送って見せていた清少納言とは対照的だ。

紫式部は、

「めでたいこと面白いことを見たり聞いたりするにつけても」「憂鬱で心外で、嘆かわしいことが増えていくのがとても苦しい」と『紫式部日記』に記し、優雅に泳ぐ水鳥もその身になってみれば苦しいのだろう、自分も同じだ……と嘆く。彰子の実家に一条天皇が行幸するという、女主人にとっての栄誉の日にさえ、天皇の御輿を担ぐ駕輿丁《かよちょう》が〝いと苦しげに〟突っ伏している姿に、

「私だってあの駕輿丁とどこが違うというのか」（〝なにのことごとなる〟）

と言い切る。

「高貴な人との交流も、自分の身分に限度があるのだから、まったく心が安らぐことはないのだよ」（〝高きまじらひも、身のほどかぎりあるに、いとやすげなしかし〟）

と。

紫式部が、高貴な女主人に同じ人間としての苦しみを見るだけでなく、賤しい駕輿丁にすら自分を重ねるのは、先にも触れたように、希有な共感能力ゆえだろう。見てきたように、彼女は、人ならぬ水鳥にさえ我が身を重ねていた。この「なりきり能力」があらゆる立場・身分の人物をもリアルに描く『源氏物語』を生んだわけだが……。こうした感想が出てくるのは、それだけ自分が対等でない、人間扱いされていないという実感があったからだろう。プライドが高いからこそ、それに見合わぬ低い現状とのギャップが苦しいのである。

このような土壌の上に生まれたのが『源氏物語』である。一部は宮仕え前から書いていたとされ、その評判から道長にスカウトされたと言われているが、いずれにしても、時代設定とされる醍醐天皇の御代は、紫式部の先祖が最も輝いていた時節に重なる。

曾祖父・兼輔の娘・桑子が生んだ章明親王がもしも政治的に成功していたら……もしも彼が出世していたら……彼の娘が天皇家に入内して生まれた皇子が東宮にでもなったら……あるいはもし、紫式部自身が道長の娘を生んで、その娘が高貴な正妻に引き取られ、天皇家に入内したら……といった仮定をベースに、過去の人物だけでなく、皇后定子や敦康親王等々、紫式部と同時代に生きていた人々をもモデルにしながら、いくつものifを心に浮かべ、紡いでいったのが『源氏物語』ではないか。

作者と作品を結びつけて考えることについては異論もあろう。『源氏物語』の登場人物や設定に典拠を求める中世以来の研究には批判もある。しかし『源氏物語』については、作者と作品を結びつけて初めて見えてくるものがあると私は感じる。

『源氏物語』は、紫式部の先祖にまつわる「ｉｆの物語」と見ることもできる、と。

その第一歩として彼女は、主人公である源氏の母を、先祖筋の桑子と同じく「更衣」という天皇妃の最低ランクの階級に設定した。

さして重い家柄ではないにもかかわらず、ミカドの寵愛を一身に受ける女。

それゆえ人々の嫉妬を一身に浴びる女。

女はこれからどうなるのか。

世代を重ね、移り変わるにつれ、女の子孫はどうなっていくのか。

長い大河ドラマの始まりである。

第二章　はじめに嫉妬による死があった

僅差の世界の中で

『源氏物語』の出だしは、大した身分でもない女が、ミカドに熱愛されたため、他の妻たちの〝そねみ〟（嫉妬）を受けるところから始まる。

出だしをおさらいしよう。

〝いづれの御時にか、女御更衣あまたさぶらひたまひける中に、いとやむごとなき際にはあらぬが、すぐれて時めきたまふありけり〟

〝いとやむごとなき際にはあらぬ〟（大して重々しい身分でもない女）とは言え、入内するくらいなので、父は中・大納言クラス以上である。あくまで上流の中の格付けでの「大したことない」であるわけで、本当に狭い世界の些細な差だ。

狭い世界だからこそ、近い関係だからこそ嫉妬も激しくなる。

〝はじめより我はと思ひあがりたまへる御方々、めざましきものにおとしめそねみたまふ〟

当初から「私こそは」とプライドをもっていたハイクラスの女御方には、「なんであんな身分の女が」ということで〝そねみ〟が生まれる。

〝同じほど、それより下臈の更衣たちは、ましてやすからず〟

同等やそれ以下の更衣たちがまして嫉妬をつのらせる仕組みは「はじめに」で書いた通りである。

源氏の母となる桐壺更衣は、上位・同等・下位という後宮のすべての階級の女の嫉妬を浴びる。しかも追々明らかになるように、彼女は強い後ろ盾もない身だったので、嫉妬が容易に「いじめ」に変わる。

嫉妬と中傷といじめ

身分にふさわしからぬミカドの寵愛を受けた桐壺更衣は、物語によれば「人の心を乱してばかりいて、恨みを負うことが積み重なったせいか」、病弱になって実家で過ごしがちになる。

それをミカドはますます愛しく可哀想に思い、しかも更衣は世にもまれな美しい皇子（その美しさから〝光る君〟と呼ばれる主人公・源氏）まで生んだので、扱いも以前とは比べものにならぬほど重々しいものになる。

こうなると、身分的には余裕のあった人たちも穏やかではいられない。

ことに妻たちの序列ナンバーワン、第一皇子を生んだ弘徽殿女御《こきでんのにょうご》は「下手をすると東宮にもこの更衣の生んだ皇子が立ちかねない」と危機感をつのらせていく。

桐壺更衣の父は大納言で、故人。対する弘徽殿女御は右大臣の娘で、人より先に入内して、皇子はもちろん皇女たちをも生んでいる。通常なら桐壺更衣は彼女の敵ではないのに、自分の権利が侵されると感じるまでに、更衣に対するミカドの厚遇ぶりは異常だった。

ここにきて、更衣は嫉妬だけでなく、

〝おとしめ、疵《きず》を求め〟（貶め、あら探しをする）

という中傷被害にあうようになり、さらにそこにいじめが加わる。

更衣は「桐壺」（淑景舎《しげいしゃ》の別名）という、後宮の殿舎の中でも、ミカドのいる清涼殿から最も遠い殿舎にいた。ちなみに、桐壺とか藤壺（飛香舎《ひぎょうしゃ》の別名）とか弘徽殿というのは実在の殿舎の呼び名で、藤壺や弘徽殿は清涼殿の近くにあり、代々、皇后（中宮）や有力な女御が住んだ。一条朝だと、清少納言の女主人の定子がいたのは登華殿、紫式部の女主人の彰子がいたのは藤壺だ。

通い婚が基本の当時、ミカドといえども妻の殿舎を訪れるという形態なのである。

話を『源氏物語』に戻すと、ミカドが遠い「桐壺」に行くには〝あまたの御方々〟の局を通り過ぎねばならない。桐壺更衣が清涼殿に上がる場合もあって、それがあまりたび重なる折は、通路に〝あやしきわざ〟（けしからぬこと）を仕掛ける者がいたので、送り迎えの女房の裾が台無しになった。汚物を撒かれたのだ。

また、どうしても通らなくてはならない通路の戸を、こちらの御方の部屋とあちらの御方の部屋とで示し合わせて閉めてしまい、更衣を閉じこめて困らせることもあった。

桐壺更衣に対する「陰湿ないじめ」が展開するのである。

何かにつけて〝数知らず苦しきことのみ〟増えていくので、沈む更衣を見たミカドはいっそういじらしく思い、清涼殿の隣の後涼殿に部屋をもっていた更衣をよそへ移し、桐壺更衣に〝上《うへ》局《つぼね》〟として与える。〝上局〟とは、常住する下局《しもつぼね》のほかに、ミカドのもとに参上する際の控えの間として与えられる部屋だ。大臣の娘クラスの女御ならともかく、後ろ盾のない更衣に与えられるのは異例である。

よそへ移された更衣の〝恨み〟はまして晴れようがないと作者が言うのも道理の、非常識なミカドの処遇。

こうした気苦労が重なったせいで、皇子が三歳になる夏、桐壺更衣は病に臥し、実家に帰ろうとするのをミカドに引き留められているうちに悪化、泣く泣く更衣の母が奏上し、退出した夜半、ついに死んでしまうのだ。

千年前から嫉妬で人は殺されていた

『源氏物語』の冒頭「桐壺」巻の、桐壺更衣の愛と死が描かれるくだりには計四つの〝そねみ〟（嫉妬）という語が出てくる。

桐壺更衣は〝そねみ〟によるストレスやいじめに殺された。

誰がいじめたか、固有名詞は出てこないが、彼女の死後、いつまでも涙に暮れるミカドに、「亡きあとまでも人を不愉快にする可愛がられようだこと」と、〝弘徽殿〟などがなおも容赦なく言った、と物語にはある（「桐壺」巻）。

実際に手を染めたのは女御更衣に仕える女房や侍女、童女たちのはずだが、最有力女御である弘徽殿女御のこうした態度に力を得て、いじめに荷担した者も多かったろう。

『源氏物語』にははじめに〝そねみ〟という感情が描かれ、それが時に人を殺してしまうほどの威力を持つことを浮き彫りにしているのだ。

四代七十六年以上にわたる大河ドラマ『源氏物語』の幕開けは、大して重い身分でもないのに、ミカドに熱愛された女……桐壺更衣が、上位の人たちからは見下されそねまれて、同等もしくは下﨟の更衣からはまして穏やかならぬ恨みを負って、いじめを受けたあげくに、幼い男皇子を残し、衰弱死してしまうという最悪の事態が駆け足で展開する。

この最初のヒロインの悲しい顚末を見ていると、木村花さんの事件が心に浮かぶ。

二〇二〇年、リアリティ番組に出演していたプロレスラーの木村花さんがネット上で激しい誹謗中傷を繰り返されて自殺したという痛ましい事件である。

木村さんがここまで攻撃されたのは、それが「リアリティ番組」を舞台にしていたことも大きく手伝っていると、事件後のテレビやネット・ニュースで報道されていた。

リアリティ番組とは、素人、もしくは露出度の低いタレントによって、予測不能の出来事が展開される番組のことだ。木村さんが出演していた「テラスハウス」は、複数の男女が暮らすシェアハウスの様子を放映し、恋が芽生えたり消えたり、仲良くしたり喧嘩をしたりといった、生々しい人間模様を見せていた。

視聴者との距離が近いため、共感を得やすい一方で、嫉妬や攻撃の対象にもなりやすく、海外でも炎上したり、出演者が精神的に追いつめられて自殺につながったりして問題になっている。

多くの人は「ネット時代ならでは……」という感想を抱くかもしれない。

現にそうした感想も見かける。

しかし、ネットもテレビもない千年前、『源氏物語』は、嫉妬や攻撃に殺された人々を描いているのだ。

そして、そこに至る有り様、殺された側のバックグラウンドは、驚くほど今の事件に似通っている。


嫉妬される側が弱い立場だと……


まず、殺された側は、大きな魅力を持っていた。

木村花さんはプロレスの能力に加え、美貌の持ち主だ。桐壺更衣も〝いとにほひやかに、うつくしげなる人〟とあって、つややかな美貌と愛らしさの持ち主だった上、死後は〝心ばせのなだらかにめやすく〟〝人がらのあはれに、情《なさけ》ありし御心〟を、物事の道理を知る人や、内裏女房などに回想されている。可憐な美貌と、穏やかで優しい性格だったのだ。

また殺された側には強いバックがなかった。

木村花さんはとくに強い事務所に所属していたわけでもないし、母子家庭だった。

桐壺更衣も同様だ。

彼女の父・大納言はすでに亡く、母一人子一人の母子家庭だった（もちろん召使はいる）。

ではなぜ入内したかというと、更衣亡き後、その母が語ったところによると、

「娘には生まれた時から期待するところがあって、亡き大納言が、いまわの際まで、ひたすら『この人の宮仕えの悲願を必ず遂げさせるように。私が死んだからといって諦めるような残念なことはするな』と繰り返し念を押していた」からだ。

このセリフからすると、入内は更衣自身の望みのようにも見えるが、〝生《む》まれし時より、思ふ心ありし〟というのはもちろん親たちの気持ちで、そうした親の期待を一身に受けて育った結果、本人的にも入内以外の選択肢をなくしていたのだろう。

娘を入内させ、生まれた皇子を即位させ、その後見役として一族が繁栄していた当時、父のない身で入内する女などいるのかと思えるのだが、調べてみると、『源氏物語』の時代設定となった醍醐朝にもけっこういる。

女御となって保明親王、朱雀天皇、村上天皇などを生んだ藤原穏子が入内したのは、父・基経の死後だった。もっとも彼女には時平、仲平、忠平といった強い同母兄がいたので、桐壺更衣とはまるで違うが、為子内親王や源和子も父・光孝天皇の死後の入内だ。

ほかにも、朱雀天皇の女御の凞子女王、村上天皇の女御の荘子女王は、それぞれ父・保明親王（東宮のまま死去）、父・代明親王の死後、入内している（『栄花物語』巻第一）。が、彼女らは共に夫である天皇の姪に当たり、皇族の場合、むしろ身内に庇護を求める形で、父亡きあとの入内をしていたふしがある。

桐壺更衣の立場はこれらのケースとは異なる、〝はかばかしき後見《うしろみ》〟（しっかりとした後ろ盾）のない状態だった。

そんな彼女が、ミカドに抜群の寵愛を受け、可愛い男皇子まで生む。

結果、待っていたのは、誹謗中傷と陰湿ないじめで、彼女はそれらに殺されたのだった。

嫉妬が〝よこさま〟な死を招く

と、ここまで読んで、木村さんはともかく、桐壺更衣の死を「殺された」と表現するのは無理があるのではと思う人もいよう。

しかし物語によれば、更衣は明らかに殺された形だ。

更衣の母は、娘の死を悼んで弔問に訪れたミカドの使者・靫負命婦《ゆげいのみょうぶ》に言っている。

「皆様の〝そねみ〟が深く積もって、気の休まらないことが増えていくうちに〝よこさまなるやうにて〟（異常な形で）とうとうこのように亡くなってしまったので、かえってむごいお仕打ちと、畏れ多いミカドのご寵愛をも、つい存じ上げてしまうのです」

〝よこさま〟とは「正常でないこと」。天寿を全うする形ではない異常な死を娘は遂げた……更衣の母はそう考え、人々を嫉妬に駆り立てたミカドの寵愛をも恨めしいと、よりによってミカドの使者に訴えている。それほど憤懣やるかたないのである。娘の死をきっかけに、ネット上での誹謗中傷の根絶を訴え活動している木村花さんのお母様のことが頭をよぎる。

『源氏物語』では、このように嫉妬やいじめによるストレスで、人の命が異常な形で消えていくことを、物語の初期から描き出している。

のちの話になるが、更衣の生んだ男皇子である源氏は、まだ十歳の少女・紫の上を拉致同然に引き取って、少女が十四歳になると妻にする。

この紫の上の母は、桐壺更衣と同じく按察《あぜちの》大納言の娘であったが、紫の上を生んだ直後に死んでいる。親は彼女（紫の上の母）のことを、ミカドに入内させようと大事にしていたが、父・大納言が死んで、母が一人で世話をしていたところに、誰が手引きしたのか、兵部卿宮《ひょうぶきょうのみや》が通うようになった。けれど正妻が〝やむごとなくなどして〟（重々しい身分だったりして）、心労が多く、明け暮れ悩んでいるうちに死んでしまった。彼女の母方オジ（紫の上の母方祖母の兄弟）である北山の僧都は、

「心労で病気になるものなのだと目の当たりにした次第です」（〝もの思ひに病《やまひ》づくものと、目に近く見たまへし〟）（「若紫」巻）

と源氏に語っており、紫式部はストレスで人が死に至る病になることをここではっきり読者に

示しているのだ。

紫の上の母を死に追いやったこの正妻は、のちに源氏の養女・玉鬘《たまかずら》の結婚が語られる際にも登場し、〝さがな者〟（性悪者）と呼ばれている。

『源氏物語』の、とくに主人公・源氏の物語が紡がれる正編の前半、「藤裏葉」巻までの正妻はこの手の我の強い、可愛げのないタイプが主流である。桐壺更衣を目の敵にした〝一の皇子の女御〟である弘徽殿も、更衣の死を悼んだミカドが他の妻たちのもとをも訪れないようになると、「亡きあとまでも人を不愉快にする」と毒づいたことはすでに触れた。

源氏が一瞬つき合った夕顔（彼女は頭中将の妻の一人）も、強い正妻のあたりから〝いと恐ろしきこと〟が聞こえてきたため、怖じ気づいて家を移って隠れていたという設定だ。ちなみにこの正妻は右大臣の娘で、弘徽殿の妹（四の君）に当たる。

このように、『源氏物語』の前半には、「正妻による嫉妬といじめ」という構図があって、いじめられる側は桐壺更衣も紫の上の母も、父を亡くして母一人子一人、夕顔に至っては早くに両親を亡くした孤児という、後ろ盾のない身の上だ。

こうした弱い立場の女が、男に愛された結果、強い正妻に嫉妬され、「いじめ」や「圧力」を受けるわけだ。

いじめ、生き霊、無視……『源氏物語』の嫉妬の形

『源氏物語』の前半に描かれる嫉妬は、「生き霊」という形を取る場合もある。

その最初の被害者は、正妻の圧力から逃げ回っていた夕顔で、彼女は、乳母の家に移り、そこから山里に移るための方違え《かたたがえ》(目的地の方角が悪い場合、いったん別の場所に行くこと)で、さらにみすぼらしい家にいたところを源氏に見出され、連れて行かれた廃院で〝物〟(物の怪)に襲われて変死してしまう。

夫・頭中将の正妻からは恐ろしいことを言われ、たまたま出会った源氏には「大した身分ではない」と見なされて、あげくの果ては物の怪に襲われて、十九の若さで変死してしまうという、桐壺更衣以上の〝よこさまな〟(異常な)死を遂げているのだ。

この、夕顔を取り殺した物の怪は高貴な美女で、源氏の夢枕に立って、こう言った。

「おのれが、こうも素晴らしいと拝見している方のことは、お訪ねくださらず、こんな格別のこともない人を連れて、可愛がっておられるとは、あまりにひどい、恨めしい」(〝おのが、いとめでたしと見たてまつるをば、尋ね思ほさで、かくことなることなき人を率ておはして、時めかしたまふこそ、いとめざましくつらけれ〟)(「夕顔」巻)

そう言って横に寝ていた夕顔を揺り起こそうとしている。と見えたところで、源氏が目を覚ますと、灯も消えて、夕顔は冷たくなっていた。

この物の怪は前後の文脈から、源氏がやっと口説き落としたものの、その後は手の平を返したように夜離れ《よがれ》を重ねていた六条御息所とされている。彼女は前東宮の愛妃という尊貴な身分で、源氏の正妻の葵の上と比べても遜色のない貴婦人である。にもかかわらず、源氏が正式な妻の一人に加えようとしないので、思いつめていた。

が、それにしては枕元に立った女を、源氏は御息所と認識していない。御息所はのちに源氏の正妻の葵の上の体を借りて、源氏の目前に生き霊となって現れ、直後、葵の上は出産し、死んでいるので、夕顔を取り殺したのも御息所と考えるべきだろう。しかし、まだこの段階では、御息所が生き霊になるという構想が熟しておらず、土地の死霊（御息所の先祖か何か）が御息所に味方してこんなことを言ったというような設定だったのかもしれない。

藤本勝義によると、物の怪は当時、死霊というのが常識で、「源氏物語以前に、生霊の実態が記されることはなかった」（『源氏物語の〈物の怪〉』）ということからしても、そんなふうに思う。

それにしても、「こんな格別のこともない人」（〝かくことなることなき人〟）という物の怪のセリフは、冒頭の「大した身分でもない女」（〝いとやむごとなき際にはあらぬ〟）であるにもかかわらずミカドに愛されて、他の女の〝そねみ〟を受けた桐壺更衣をほうふつさせる。そのように同性に思われてしまう女が、激しい嫉妬の対象となるわけだ。

『源氏物語』の嫉妬の形としては、「無視」というのもある。

源氏が紫の上を引き取ったと知った、正妻の葵の上は、源氏に恨みごとを言うわけでもなく、心の隔てを感じるばかりで、紫の上側に対して何かアクションを起こした形跡はない。

相手を取るに足りない者、存在しない者として、扱っているのである。

ネットリンチ顔負けの現実

このように『源氏物語』正編の前半では、さまざまな嫉妬の形が描かれている。追々触れるように、紫の上による「理想的な嫉妬」の形も提示されている。

紫式部はなぜこんなにも嫉妬に注目したのだろう。

一つには、現実の後宮にも嫉妬やいじめが蔓延していたということがあろう。

『栄花物語』によると、彰子に先立ち、一条天皇に入内していた承香殿《しょうきょうでん》女御（藤原元子）が妊娠して里に退出する際、弘徽殿女御（藤原義子）の細殿の前を通りかかった。その時、見物する弘徽殿方の女房たちが押し寄せ簾《すだれ》がせり出していた。それを見た承香殿方に仕える童女が、

「簾も妊娠しているよ」（〃簾の身もはらみたるかな〃）

と言ったので、弘徽殿方の女房はひどく悔しがったが、承香殿方がこうして出て行く有様はひどく羨ましく見えた。

ところが元子は産み月になっても出産せず、参籠した寺で水を生んだので、天皇の母も「聞き苦しいこと」と思し召し、世間では歌まで作る騒ぎになった。例の童女は〃恥ぢて〃退職するという事態になって、かつてバカにされた弘徽殿方では承香殿方を「凄くみっともない」（〃いみじうをこがましげ〃）と皆でバカにしたのだった（巻第五）。

だが……このように承香殿方の不幸をあざ笑った弘徽殿方も、藤壺中宮（彰子）が皇子を生み、その天下が決定すると、簾の童女や承香殿女御元子を上回る恥辱を味わう。

新嘗祭では、五節《ごせち》の舞姫というのを公卿や国司（受領）が出すのだが、『紫式部日記』によれば、寛弘五（一〇〇八）年、彰子が皇子を出産した年の折、舞姫の付き人として、弘徽殿女御（藤原義子）のもとに親しく出入りする、元内裏女房が出仕していた。それを、彰子方の女房たちがめざとく見つける。

「昔、気取って住み馴らした内裏あたりへ、今は舞姫の介添え役なんかになって出てくるなんて。隠れてやってるつもりだろうけど、暴露してやりましょう」

と、舞姫が髪飾りにする〝日蔭〟（ヒカゲカヅラ）という草を丸め、反った形の櫛やおしろいを用意。

「少し盛りを過ぎたあたりでいらっしゃるから、櫛の反らし方がそれじゃあ足りないよ」

などと公達が言うので、両端が合うほど見苦しいくらいに反らした櫛と一緒に、

「豊明《とよのあかり》の節会《せちえ》に仕える大勢の参加者の中、とりわけ目立つ、日陰者のあなたを懐かしくお見受けしました」（〝おほかりし豊《とよ》の宮人さしわきてしるき日かげをあはれとぞ見し〟）

という歌をセットで送りつけた。しかも女房の主人である義子の侍女の名をかたり、〝女御どのより〟と、女御からの手紙を装うという底意地の悪さ。可哀想に、女房は本当に女御からのお手紙と勘違いしてしまう。その後の顚末は『紫式部日記』には記されないが、『栄花物語』によると、弘徽殿方の局では「ひどく恥じ入った」（〝いみじう恥ぢけり〟）という（巻第八）。

義子は夫の一条天皇より六歳年上。彰子と比べると十四歳ほども上で、皇子も生まぬまま、当時三十五歳ほどになっていた。櫛を反らすのは、年齢によって反らし方に差があったためらしい。

若い人ほど大きく反らしたといい、高齢の義子に対する嫌味であるという（山本淳子訳注『紫式部日記――現代語訳付き』）。なんとも手の込んだ、しかし幼稚な意地悪ではないか。

彰子の女房たちは、自分たちが完全に優位に立った上で、落ちぶれて舞姫の付き人になっている女房をいたぶることによって、もはや反撃する力も無い女主人の弘徽殿方をも、侮辱しているのだ。

不幸になるのは「自己責任」という考え方

こうした現実のエピソードを見ていくと『源氏物語』の〝おとしめ、疵を求めたまふ人は多く〟という桐壺更衣の置かれたつらい境遇がほうふつされる。

必ずしも嫉妬が原因とは限らない、当時の現実のいじめや嫌がらせとなると数え切れぬほどで、『枕草子』には、言動がおかしい源方弘《まさひろ》という貴族を笑いものにするだけでなく、彼に仕える供の者まで呼び寄せて、

「なんでこんな者に使われているの？　どんな気持ち？」（〝何しにかかる者には使はるるぞ。いかがおぼゆる〟）

と人々が笑いものにする話や（「方弘は、いみじう」段）、「名前が変」というだけでいじめられた女房の話も出てくる。彼女は人の養女になって姓が変わったあとまでしつこく旧姓を呼ばれてからかわれていた（「成信の中将は、入道兵部卿宮の御子にて」段）。

宮中で使う馬の餌を積む建物からの出火で家が燃えたため、助けを求めて後宮にやって来た男をからかい、文盲で与えられた短冊に書かれた歌が読めない男に「そんな素晴らしいものをもらって何を思い悩むことなんてあるの」と、皆で大笑いして、定子にまで報告して笑いものにしたなどという話もある（「僧都の御乳母のままなど」段）。

平安中期のいじめや嫌がらせを紹介していくときりがないほどだ。

共通するのは、容姿や言動の劣る者、弱い者、落ちぶれた者に対する容赦のなさである。

平安貴族は、そうした者を笑い、いじめることに罪悪感を持たなかったのか……と、現代人は疑問を覚えるかもしれない。

彼らとて、そうした者を哀れに思うところもあったろう。

しかし平安文学や日記を読む限り、あまりそうした記述は見られず、むしろ、いじめられる側、不幸になった側が「人に笑われてしまう」「恥ずかしい」と嘆くのが常だ。

現世の幸不幸は前世の善悪業の報いと考えていたからである。

前世での行いが、現世での幸不幸に反映するという応報思想に貫かれていた平安貴族にとって、容姿や才能、身分や幸運に恵まれるのは、前世の善業の賜物だ。逆に、下衆に生まれたり、醜く生まれついたり、不幸になるのは前世で罪を犯したからという感覚だ。

前世の悪業が原因とされ、「業病」と名づけられる病もある一方で、『源氏物語』の藤壺のような高貴な美女は、

「万事に罪の軽そうなご様子」（〝よろづに罪軽げなりし御ありさま〟）（「朝顔」巻）

と形容され、また、源氏亡きあとの世界を描いた宇治十帖のヒロイン・浮舟の美しさは、
「前世で功徳を積んだおかげでこうした顔立ちにも生まれついたのだろう」（〝功徳の報《むくい》にこそかかる容貌《かたち》にも生ひ出でたまひけめ〟）（「手習」巻）
「一般人だとすれば、かなり前世の罪の軽そうな人」（〝ただ人にては、いと罪軽きさまの人〟）（同）
と形容される。

幸も不幸も前世の自分の行いが招いたもので、つまりは自己責任なのだ。

だから、不幸な者は笑われいじめられ、また落ちぶれたり夫に捨てられたり死に別れたりといった不運な目にあった人は、「人の物笑いのタネ」（〝人笑はれ〟）になってしまうと恥じ、自分が死ぬことすら物笑いのタネになるのでは……とおびえる。

『源氏物語』では、のちに桐壺更衣そっくりだというのでミカドに入内した先帝の皇女・藤壺が、源氏との不義の子（のちの冷泉帝）を出産の折、「生きながらえたいと願うのは憂鬱だ」と思いながらも、弘徽殿などが呪わしいことを……おそらくは藤壺が死ねばいいといったことを……言っていると耳にした時、思っている。

「もしも私がこのまま死んだとお聞きになったら、いい物笑いにされるのでは」（〝空しく聞きなしたまはましかば人笑はれにや〟）（「紅葉賀」巻）

自分が死んだら弘徽殿の物笑いになるだろう、そうはさせまい。そんなふうに「気を強くもっ

てはじめて」（〝思しつよりてなむ〟）産後の藤壺は快方に向かったのである。

不幸になると……それが死を伴うものですら……それ見たことかと笑われる覚悟をせねばならないのが平安中期であった。

貧乏になるのは自己責任といって、生活保護受給者を攻撃したり、海外で事件に巻き込まれる日本人を中傷したりといった、今の「自己責任論」顔負けの世界ではないか。

『源氏物語』で、弱い者が嫉妬され、そこから「いじめ」に発展する物語が描かれるゆえんである。

紫式部も嫉妬されていた

紫式部が嫉妬に注目したのは、彼女自身が嫉妬を受けていたことも手伝っているかもしれない（それ以上に高貴な人々を嫉妬してもいたろうけれど……）。

夫と死別し、まだ幼い子を抱える身で出仕した紫式部は、人に仕える我が身を嘆きながらも、中宮彰子の家庭教師ということで、身分以上の厚遇を受けていた。それだけにやっかみもあった。

『源氏物語』が評判になって、一条天皇が、

「この人は日本紀《にほんぎ》（日本書紀）を読んでいるね。実に学識がある」

と仰せになると、とたんに、

〝日本紀の御局《みつぼね》〟

などと内裏女房にあだ名を付けられてしまう。

また、皇子を生んだ彰子が内裏に戻る際、彰子以下、身分の順に乗車の車が決まったが、紫式部と同じ車になった馬の中将は「〝わろき人〟と一緒になった」と思っている様子で、それを紫式部は、

「ああ仰々しい」（〝あなことごとし〟）

と、ますます宮仕えを煩わしく思ったと『紫式部日記』に記している。

馬の中将は、道長の二人の北の方の一人・源明子の姪だ。明子の父は醍醐天皇の皇子で、臣下に降った左大臣源高明（源氏のモデルの一人とされる）。明子の結婚は高明失脚後のため、明子は、道長の妻の中では倫子の次位に甘んじていたが、出身階級に遜色はない。その姪となればプライドも高かったのだろう。

ちなみに『日本書紀』には、聖徳太子が作った十七条憲法が載っていて、その十四条には、

〝群臣百寮、嫉妬有ること無《な》かれ〟

と、ある。

〝嫉妬の患《うれへ》、其の極《きはまり》を知らず。所以《このゆゑ》に、智己に勝れば悦びず、才己に優れば嫉妬す〟（嫉妬心には際限がなく、知識が自分より勝っていれば喜ばず、才能が自分より優れていれば嫉妬する）

ともあって、嫉妬は大きな国の損失となるという（推古天皇十二年四月三日条）。

紫式部が嫉妬に注目したのは、こうした『日本書紀』の記述を読んでいたということもあったのかもしれない。

紫式部のたくらみ

が、ここで一つ疑問が生じる。

たしかにいじめは弱い者が被害者になりやすい。

嫉妬にもそういう側面はあり、現実にも、道長の子の頼通は、正妻の嫉妬が激しくて（〝イタクネタマセ給テ〟）、他の女の生んだ男子三人を養子に出したという例もある（『愚管抄』巻第四）。夫・劉邦の死後、夫に寵愛されていた戚夫人を悲惨な方法で死なせた呂后の例もあり、『源氏物語』でも桐壺院死後、弘徽殿の圧力を恐れた藤壺は、「戚夫人のような目は見ないまでも、必ず〝人笑へなる事〟（物笑いとなるようなこと）があるに違いない」と、中宮の位を去って出家している（「賢木」巻）。

嫉妬する側が上位もしくは強者だと、力に物を言わせることができるため、北条政子が夫・源頼朝の愛人がいた家を破却させるなど（『吾妻鏡』寿永元年十一月十日条）、確かに嫉妬は派手な形となりやすい。

しかし心情的には、下位者による同等もしくは上位者への嫉妬のほうが激しくなりがちなのは、『源氏物語』の冒頭でも述べられていた。

桐壺更衣のケースも、直接手を下していたのは弘徽殿の関係者かもしれないが、より激しい嫉妬心を抱いていたのは〝同じほど、それより下臈の更衣たち〟だった。木村花さんを中傷し、自殺に追いつめたのも、彼女より能力の劣る人々であろう。

そうした嫉妬の仕組みを百も承知であるにもかかわらず、紫式部はなぜ、物語の初めのほうでは、上位者による下位者への嫉妬や圧力を描いたのか（と、こうした嫉妬の方向性にこだわるのは、正編後半以降ではその方向性が一変するからだ）。

そのほうが派手な演出ができ、読者への「つかみ」になるということもあろうが、一つには、権家の女を悪者にしたいという紫式部のたくらみゆえではないか。

第三章　紫式部の隠された欲望

厚遇される落ちぶれ女と、冷遇される大貴族の令嬢

『源氏物語』を読みだして気づくのは、強い実家の後ろ盾のない女君たちが、共感を以て描かれていることだ。

　とくに最初の六巻はことごとくこの手の女がヒロインである。

「桐壺」巻は、父・大納言亡きあと入内した桐壺更衣。

「帚木」「空蟬」巻は、源氏の父帝への入内も予定されていたのに、父の中納言兼衛門督《えもんのかみ》死後、父親ほども年上の受領の後妻となった空蟬。

「夕顔」巻は、父・三位中将や母を早くに亡くし、頭中将と関係、子（玉鬘）もできながら、放置されていた夕顔。

「若紫」巻は、母や母方祖母を失い、父の兵部卿宮は正妻のもとに同居しており、孤児同然となった紫の上。

「末摘花」巻は、父・常陸親王《ひたちのみこ》の死後、極貧に陥った末摘花。

こうした女が主役になるのは、いじめられていた継子が成功する『落窪物語』のように、物語の一つのパターンではある。が、『源氏物語』が他の物語と違うのは、後ろ盾のない女の中にはそれ以前の物語であれば決して肯定的に描かれないブスな女が含まれていたり、必ずしもめでたしめでたしで終わらなかったりするリアルさで、桐壺更衣や夕顔は「嫉妬」に殺される形で、あっけなく死んでしまう。

しかしその死は大きな同情を以て描かれ、追々触れるようにその子孫たちの「成功」によって無念を晴らす形になっている。


相対的に悪者となるのが、彼女らを追いつめた大貴族（権門）の娘たちだ。

右大臣の娘で、自身、第一皇子の母として絶大な存在感を誇る弘徽殿女御（息子の朱雀帝即位後、皇太后＝大后《おおきさき》）は、桐壺更衣が死んだあとまで憎まれ口を叩き、主人公の源氏はもちろん、更衣の面影を宿すという理由から、のちに入内した藤壺中宮とも敵対し、呪わしいことばを吐くという悪役だ。

源氏の正妻の葵の上にしても、左大臣と内親王（桐壺帝の妹・大宮）の一人娘で美人なのに、〝ものに情おくれ、すくすくしきところつきたまへる〟（情に欠け、無愛想なところがある）という性格設定にされ、夫に敬遠されたあげく、六条御息所の生き霊に取り憑かれ、出産を機に死んでしまう。

六条御息所だけは、大臣の娘で東宮の愛妃だったとはいえ、すでに父も夫もない。が、〝いとものをあまりなるまで思ししめたる御心ざま〟（あまりにものを思いつめるご性格）という性格設定の上、莫大な資産と教養と美貌の持ち主で、にもかかわらずというか、だからというか、源氏に愛されず、生き霊となり、夕顔や葵の上を取り殺したとされ（夕顔についてはあとでも触れるように異説あり）、死後は娘（斎宮女御→秋好中宮《あきこのむちゅうぐう》）の養父となった源氏にその土地を取られ、また、自分の悪口を言ったといって死霊としても出現している。

この六条御息所という人は、嫉妬と階級的に非常に興味深い人だ。

彼女ははじめ、夕顔という彼女にとっては取るに足りない女に嫉妬して、しかるのち葵の上という同じ上流階級出身ながら源氏の正妻の地位にあるというパワフルな女に嫉妬した。

つまり、「地位が下の者」と「地位が上の者」両者に嫉妬しているのだ。

嫉妬と生き霊……相手が下位者の場合

そもそも六条御息所に取り殺された夕顔と源氏が出会ういきさつにも「階級」が絡んでいた。

源氏が〝六条わたり〟にお忍びで通っているころ、五条にいる病気の乳母を見舞い、そこで謎の女・夕顔と出会う。出会った場所柄もあって、

「頭中将が品定めでバカにしていた〝下《しも》の品《しな》〟（下流の女）だろう」

と踏んでいた。

宮中での宿直の夜、源氏や頭中将が女の品定めをする名高い「雨夜の品定め」で、源氏の父方いとこであり、正妻・葵の上の兄でもある頭中将は、

「〝品《しな》たかく〟（上流に）生まれつけば、人にかしずかれ欠点も隠されるので、雰囲気はしぜんといいに決まってる。〝中の品〟（中流の女）にこそ個性が表れて面白いんだよ。〝下《しも》のきざみ〟（下流の女）ともなると、とくに耳も立たないね」

と言っていた。しかし夕顔に出会った源氏は、

「あの中将の軽んじていた〝下の品〟に思いのほかに面白いことでもあれば」と好奇心を抱く。

相手は低い身分と思しき女だ（実は、夕顔死後、その亡父は中将で、夕顔は上流の落ちぶれ貴族であったことが分かる）。源氏は顔を隠し、名も告げず、夜な夜な彼女のもとを訪れる。相手が上流の女なら手紙のやり取りをして、やっと屋敷を訪ねるところまでこぎつけても、すぐに女に会うことはできない。何度も通ううち、簀《す》の子《こ》→廂《ひさし》の間（高貴な男は初めからここに通されることも多い）→母屋《もや》とだんだん奥に通されて、女のもとに三晩通って女方で餅を食べて結婚成立となる。ところが相手を下流と踏んだ源氏は女とひたすら夜を重ね、「もっと気楽な場所に」と廃院に誘う。そこで初めて源氏が夕顔に顔を見せた直後、夕顔は物の怪に取り殺されるという形だ。

この物の怪は前後の文脈から、六条御息所の生き霊とされるが、源氏は夢に女の霊を見た時、御息所と認識していないし、霊のセリフにも御息所本人と考えるとおかしな点がある。舞台となった廃院は御息所の住む六条あたりにも近いので、あるいは土地に住みつく御息所の先祖筋の死

霊などが御息所に味方して、夕顔を脅したのかもしれない。

いずれにしても、夕顔に対する御息所は、桐壺更衣に対する弘徽殿女御と同じで、地位や身分は被害者より上だ。夕顔を取り殺した霊の物言いにも尊大な感じが漂っている。

しかし、作者が冒頭で書いているように、嫉妬が最も辛いのは、相手と同等もしくは下臈の立場のケースである。

夕顔の時には、「身分的には私が上」というプライドを保てた御息所も、源氏の正妻の葵の上が相手だと、嫉妬はさらに深く陰惨に彼女を苦しめることになる。

嫉妬と生き霊……相手が同等もしくは上位者の場合

夕顔の死の際は、ほのめかされるだけだった御息所の物の怪体質がはっきりするのは、源氏の正妻・葵の上が産気づいて苦しんでいた折のこと。

当時、原因不明の病状は物の怪のしわざと考えられ、霊験あらたかな験者《げんじゃ》を呼んで、護摩を焚き祈禱をする。そこで現れた物の怪を、「よりまし」と呼ばれる者に駆り移し、その正体や要求を聞き供養することによって、治療が行われていた。

葵の上のもとにもさまざまな物の怪が現れ、中には御息所の〝御生霊《いきすだま》〟や、御息所の亡き父・大臣の御霊と噂する者もいた。それを聞いた御息所は、

「我が身一つの不運を嘆く以外に、〝人をあしかれ〟などと願う気持ちもないけれど」

と思いながらも、

「物思いによって魂は身から抜け出るというし、そういうこともあろうか」

と、思い当たるふしもある。

ふとまどろんだ夢に、葵の上と思しき人がいとも綺麗にしている所へ行って、ふだんとは違う〝猛《たけ》くいかきひたぶる心〟（激しく荒々しく強引な気持ち）が出てきて、乱暴に揺さぶり動かしている自分が見えることがたび重なっていたからだ。正気をなくした感じの時もあるため、周囲も心配し、祈禱などをしていた。

一方の葵の上側でも祈禱を尽くしていたが、少しも去ろうとしない〝執念《しふね》き御物の怪〟が一つある。そのうち、葵の上が、

「少し祈禱をゆるめてくださいな。源氏の大将にお話ししたいことがある」

と言う。

「遺言でもあるのか」と葵の上の両親も下がって、源氏と葵の上の二人きりになる。葵の上は内親王の母と左大臣の父という強い両親に守られている上、夫より四歳年上で、プライドの高いお嬢様。源氏もお坊ちゃん育ちで、二十二歳という若さもあって、互いに譲り合えずに夫婦仲はぎくしゃくしていたものの、衰弱した葵の上を見た源氏は初めて愛しさがこみあげて、彼女の手を取って泣き出した。すると、いつもは気づまりで、こちらが気後れするような目元の葵の上が、力なく源氏を見つめる。その目から涙がこぼれるのを見た源氏がどうして浅い気持ちでいられようか、と物語は言う。

あまり葵の上が泣くので、死を覚悟した彼女が、親や自分との別れを惜しむのかと源氏は考え、

「どんなことになっても、深い前世の契りのある仲は、また巡り逢えるから」

と慰めると、葵の上は言う。

〝いで、あらずや〟（いえ、違うのよ）

と。

「私自身がとても苦しいので、しばらく祈禱をやめてほしいと申し上げたくて。こうしてやって来ようとはまるで思わなかったのに、物思う人の魂はたしかにさまようものでした」

と、なつかしげに言って、

〝なげきわび空に乱るるわが魂《たま》を結びとどめよしたがひのつま〟（つらい嘆きに耐えかねて、空に迷い乱れる私の魂を、下前の褄《つま》を結んで、つなぎとめてよ、私のあなた）

と歌を詠む。

その〝声〟と〝けはひ〟が葵の上ではない。誰だろうと思い巡らすと、

〝ただかの御息所なりけり〟（まさにあの御息所なのだった）

映画「エクソシスト」で、悪魔に体を乗っ取られた少女が野太い声を出すように、姿は葵の上でも、声と気配は御息所になっていたというのだから、源氏が〝うとまし〟く思うのも道理である。

しかしこんな状態になりながらも葵の上は無事、男の子を出産。それを聞いた御息所は、

「一時は命が危ういと聞いていたのに、よくもまぁ安産とは」

という思いが頭をよぎる。

〝人をあしかれ〟と願う気持ちはないと思っていたのに、無意識では悪しかれと思っていたからこそ、

〝たひらかにもはた〟（なんとまぁ安産とは）

と落胆するのだ。

前東宮妃だった御息所は、葵の上に劣らぬ身分とはいえ、夫も父・大臣も死に、源氏には正式な妻扱いされていない。何より葵祭の御禊《ごけい》の日、葵の上側と車の場所争いがあり、葵の上の従者に車をめちゃめちゃにされるという屈辱を受けても何もできなかった……。葵の上が〝思ひ消ち、無きものにもてなす〟……自分の存在をものとも思わず、まるでいない者であるかのように扱った……あの車争いの時以来、御息所の心は不安定となり、その心がなかなか静まらないでいたのである。

高い階級意識と、それに見合わぬ低い現状。

自分は相手と同等の出身階級。なのに、今は下位に甘んじている……。

そうした思いの中に、激しい嫉妬が生じる隙があった。

御息所には深い恨みと嫉妬があるはずだと世間にも思われているからこそ、〝御生霊〟になったと噂され、そんな強力な生き霊に取り憑かれたという設定の葵の上は、出産後、死んでしまうのだ。

権門女性の不運と、孤児同然の紫の上の幸運

六条御息所は決して落ちぶれ貴族ではない。

そのカリスマ性と支配力で、父や夫の死後も資産を守り、使用人を統率するパワーの持ち主だ。儒教道徳の普及していなかった当時、強い後ろ盾のない女が使用人に見捨てられ、あっと言う間に落ちぶれてしまうことは現実の例を見ても分かる。それについてはあとで触れるが、そうした時代に、御息所は自分の手腕で落ちぶれを免れたのである。

だが。

ブスで貧乏な末摘花ですら源氏の妻の一人となったのに、それほど立派な御息所はついに源氏に正式な妻扱いされぬまま終わってしまう。

葵の上亡きあと、源氏の正妻になるだろうと目されていた女は二人。

一人は弘徽殿大后《こきでんのおおぎさき》の妹の朧月夜。彼女は東宮時代の朱雀帝（源氏の兄）のお妃候補であったが、宮中の花の宴の晩、源氏と関係して以来、源氏に惹かれていた。父・右大臣は「れっきとした方もお亡くなりになったのだから」と、彼女を源氏と結婚させることも考えたが、姉の弘徽殿は息子・朱雀帝への宮仕えを強硬主張して、この話はオジャンになる。

もう一人が御息所である。

身分や世間の声望からも、葵の上亡き今は「いくらなんでも御息所が正妻になるだろう」と皆が噂し、御息所の屋敷の人たちも期待していた。

ところが源氏の訪れは、葵の上の死をきっかけにむしろふっつり途絶えてしまう。朧月夜、六条御息所といった源氏にふさわしい高い地位の女たちがバタバタと正妻候補から消える中、源氏の正妻格に収まったのは、孤児同然の紫の上であった。

幼いころに母を亡くした紫の上は母方祖母に育てられていたが、この祖母とも十歳で死別し、母をストレス死させた継母と住む父のもとに引き取られる寸前、源氏に拉致同然に迎えられていた。そして葵の上の四十九日が過ぎ、十四歳になった時点で、源氏と新枕をかわす。と言っても紫の上のほうは、父のように頼みにしていた源氏に犯された形で、

「なんでこんなにイヤなお心の人を何の警戒心もなく信頼していたのか」(〝などてかう心うかりける御心をうらなく頼もしきものに思ひきこえけむ〟)(「葵」巻)

とショックを受けていたのだが、結婚三日目に妻方で準備する餅も、源氏のほうで用意し、正妻格になるに至って、彼女の〝御幸ひ〟(ご幸運)を周囲も〝めで〟(褒めたたえ)るという状態になる。

現世の幸不幸は、前世の善悪業の報いと考えられていた当時、幸運は「たたえる」ものだったのだ。

推しは「中流の女」

『源氏物語』正編前半では、このように大貴族の女、権門の女は主人公に愛されず、落ちぶれ女、

孤児同然の女が主人公の妻や恋人になるという、現実離れした設定になっている。

そこには、明らかに紫式部の意図があったとしか思えない。

上流ではなく、中流の女を「成功させる」という意図である。

その意図の早い段階での表れが、先にも触れた「雨夜の品定め」だ。

宮中で宿直中、源氏の棚に女からのラブレターがたくさん入っているのを見た頭中将が、

「女で、これはと文句のつけようがない人はめったにいないなぁと最近やっと分かってきたよ」

と切り出し、上品《じょうぼん》、中品《ちゅうぼん》、下品《げぼん》という仏教の極楽往生のランクになぞらえ、女を上・中・下の三段階に分ける。このランク付けは、現代人が考えがちな美貌や性格といった女の資質によるものではない。階級によるものであるのがミソで、上《かみ》の品《しな》は上流の女、中の品は中流の女、下の品は下流の女という意味だ。

このように女の階級を三つに分けた頭中将は、

「中流の女こそが面白い」

と源氏に教える。源氏は、

「その〝品々〟っていうのはどうなの？　どういう基準で三つの〝品〟に分類すればいいの？もとの階級は高く生まれながら、落ちぶれて位も低くて人並みでない者、また平凡な階級に生まれながら上達部《かんだちめ》なんかに成り上がって我が物顔で家の中を飾って、人に劣るものかと思っているようなのとかは、どこに属するの？」

落ちぶれ女や、成り上がり女は、上中下のどこに入れるべきかと、突っ込みを入れる。

ここに「階級」は「移動する」という概念があることに注意したい。

そんなふうに源氏と頭中将がダべっているところへ、左馬頭《ひだりのうまのかみ》、藤式部丞《とうしきぶのじょう》といった連中がやって来て、経験豊富な年長者らしき左馬頭が言う。

「成り上がっても、もともとそれほどの家柄でない場合は、世間の人の思うところもやはり違う。またもとは高貴な血筋でも、世渡りのコネが少なくて、時世の移り変わりに応じて世間の評価も下がってしまえば、プライドがいくら高くても財力が足りず、見苦しいことも色々出てくるものだから、両者それぞれに考慮して、これらは〝中の品〟に分類すべきでしょう」

落ちぶれ女も成り上がり女も中の品、中流に属すというわけだ。さらに、

「受領といって、地方の政治にあくせく関わっている〝中の品〟と決まり切った連中の中にも、またさらに細かい階層があって、〝中の品〟からまんざらでもない女が選べそうなご時世です。なまじな上達部よりも、非参議の四位どもで、世間の評判もまぁまぁで、もとの家柄も低くなく、悠々自適に暮らしているようなのは、実にさっぱりとしている」

と言い出す。

受領として任じられる国には、大国・上国・中国・下国の四種があってランクが細かく分かれている。受領にしても非参議にしても、もとは上流で、趣味も良くて、財力もあるような家で、「家の中に不足なことなど少しもないような財力に任せ、手抜きをせずにまばゆいまでに大切に育てた娘なんかで、バカにできないくらいに成長した女もたくさんいるはずです。宮仕えに出て

思いがけない幸運をつかんだ例も多いんですよ」

と。

私などは世代的に、こうした細かな分類の仕方を見ると、一九八四年に出た『金魂巻』(渡辺和博とタラコプロダクション)を思い出す。この本では三十一の職業の人たちを、金持ち=マル金、ビンボー人=マルビとそれぞれ二分し、とくに主婦はマル金のマル金、マル金のマルビ、マルビのマル金、マルビのマルビの四種に細分していたものだ。身も蓋もないリアルが描かれながらも、マルビへのあたたかな視線が漂うのも特徴であった。

と、話を平安中期の受領階級に戻すと、現実に、藤原道長の母・時姫も、中宮(皇后)定子の母・高階貴子も、受領階級の娘であった。とくに貴子は宮仕えに出て、道隆(道長の兄)に見初められ、定子や伊周《これちか》、隆家を生んでいる。ただし道長の二人の妻(源倫子・源明子)は共に左大臣の娘で、『源氏物語』が書かれたリアルタイムには上流志向になっていたのだが、『源氏物語』は醍醐朝を時代設定としている上、紫式部としては少し前のこうした傾向を好ましく思っていたのだろう。

紫式部の願望と階級へのこだわり

『源氏物語』の登場人物はこのように中流を持ち上げる一方で、上流の女に対しては手厳しい。

左馬頭は続ける。

「もともとの〝品〟(家柄・階級)と今の世間の評価が一致しているような〝やむごとなきあたり〟(高貴な家のお嬢様)も、家庭内での言動や雰囲気がダメな方はもう論外で、どうしてこんなふうに育ったのやらとふがいなく感じるものです。階級と評判にふさわしく優れているとしても、それが当たり前。これこそ当然の結果で、珍しいことと心が驚くこともない。私ごときの手の届くレベルではないので、〝上《かみ》が上《かみ》〟については触れずにおきます。さて、そういう人がこの世にいるとも誰にも知られず寂しく荒れた草深い宿に、思いも寄らぬ可憐な人が閉じ込められているとしたら、こんなに新鮮に感じられることはないでしょう」

そう言って、落ちぶれて中の品となった女を源氏や頭中将に勧める。

とにかく中流推しなのである。

受領階級にも細かな階層があり、もとの家柄も低くないのがいる……といったくだりは、紫式部の自己紹介さながら。

この品定めに刺激され、源氏がただ一度関係した空蟬などは、夫が父親ほども年上である点、のちに夫と死別している点、主人筋の源氏のアプローチを受けている点、家が〝中川のわたり〟にあった点など、紫式部その人と言えるほどで、古来、作者と結びつけられている。紫式部も『紫式部日記』によれば、主人筋の道長の夜の訪問を受け、『尊卑分脈』には道長の〝妾〟と記され、その説を支持する学者も多い。

何より落ちぶれ貴族であるというところが似ている。

第一章で触れたように、紫式部は受領階級といっても、曾祖父・兼輔は空蟬の父同様、中納言で、彼の娘・桑子は醍醐天皇に入内して皇子を生んでいた。

『源氏物語』に描かれる「中流の女推し」「落ちぶれ女の優遇」や「権門の女の受難」には、紫式部自身のバックグラウンドや願望が反映されていると思うのである（第一章にも記したように、作者と作品を結びつけて考えることについては異論もあろうが、『源氏物語』については、結びつけざるを得ない部分が少なくないと私は感じる）。


ちなみにこの品定めでは嫉妬についても触れられている。左馬頭曰く、

「万事、なだらかに、怨みごとを言いたいところでは、私は知っていますよとほのめかし、恨んでいいような場合でも、憎らしくなくちらりと触れるようにすれば、それにつけても男の愛はまさるはず。多くは夫の浮気心も妻次第で収まりもするでしょう。あまりに寛大に、男を野放しにするのも気楽で可愛いようだけれど、自然と軽く扱っていい女に思えるんですよ」

男の浮気も女次第……とは、いかにも男に都合のいい理屈で、このいわば「理想的な嫉妬」は、紫の上によって具現化されることになるが、それはまだのちの話である。

話を階級に戻すと、ここまで突っ込んだ分析をしている物語は、『源氏物語』以外、見たことがない。

この品定めは、紫式部がいかに階級を意識していたか、とりわけ「落ちぶれ貴族」という存在を心に留めていたか、如実に物語っている。「落ちぶれ」だけでなく「成り上がり」にも触れていて、「階級移動」というものを強く意識していたことが分かる。

平安中期の階級移動

ここで当時の階級移動について触れよう。

落ちぶれや成り上がりといった階級移動はいつの時代にもあるもので、とくに戦争などが起きると増えてくる。平安中期は、地方はともかく、中央では戦争はないものの、「政争」は絶えずあって、紫式部に近い時代だと、九六九年の左大臣源高明の左遷事件、九九六年の花山院射撃事件による藤原伊周・隆家の左遷事件があった。こうした事件があると、関係者は落ちぶれるのが常だ。伊周死後、その次女は中宮彰子に出仕し(『栄花物語』巻第八)、また花山院死後、院に寵愛されていた亡き太政大臣藤原為光の娘は、道長の姫に仕える女房となり、やがて道長の妻の一人となっている(同)。

道長は落ちぶれた家の女を積極的に起用し、また妻や愛人にしている。源倫子に次ぐ妻の源明子も失脚した高明の娘である。

これらは幸運な例で、伊周の長女が、道長の明子腹の長男・頼宗の北の方になったことなども、落ちぶれた家の女としては幸運に数えられるだろう。

しかし花山院の姫宮が父院死後、彰子に仕えていたものの、盗人に殺されたり(のちに盗人ではなく、やはり落ちぶれた伊周の子の道雅が誘い出して殺したことが分かっている。『小右記』万寿元年十二月八日条、同二年七月二十五日条)、大将藤原済時の娘で三条天皇皇后娍子の妹でもある女君が、父から相続した近江の領地を人に取られ、夜、徒歩で道長に訴えたりしているのは悲惨な例と言える（『大鏡』師尹）。

この姫君はこうした捨て身の行動のおかげで領地を安堵されたので、

「ここまで落ちぶれたら、恥も外聞もないほうがいい。姫君はよくぞ直訴なさったものだ。実に良いことだ」

と人々は褒めたというが、『大鏡』の語り手は「それもどうかと思う」とコメントしている。

このように当時の階級移動としては、政争や権力闘争に敗れたために、庇護者をなくした娘が落ちぶれるということが一つあった。

とりわけ娘が落ちぶれるのは、夫が妻方の家に通い、新婚家庭の経済は妻方で見るという当時の結婚の形も手伝っていよう。経済力のない女には婿のなり手がいない、婿が見つかったとしても「金の切れ目が縁の切れ目」で、女方に経済力がなくなれば捨てられてしまうということがあったからだ。

『源氏物語』より少し前に書かれた『うつほ物語』には、

「今の世の男は、まず女と結婚しようとする際、とにもかくにも両親は揃っているか、家土地はあるか、洗濯や繕いをしてくれるか、供の者に物をくれ、馬や牛は揃っているかと尋ねる」（〝今の世の男は、まづ人を得むとては、ともかくも、『父母はありや、家所はありや、洗はひ、綻びはしつべしや、供の人にものはくれ、馬、牛は飼ひてむや』と問ひ聞く〟）（「嵯峨の院」巻）

という一節がある。財産がない、供の者にチップもくれない女はどうなるか。どんなに美人で

も、男は、

〝あたりの土をだに踏まず〟

ということになる。

フィクションなので大げさな表現はあるものの、平安時代の女の財産権は強い代わりに、財産がないと結婚できない。親が死ぬと、その財産も横領されるなどして落ちぶれてしまうという現象があって、道長のような強い親族の召使にならざるを得ないということがあったのだ。

『源氏物語』でも、父・親王の死で落ちぶれた末摘花が、源氏と結婚して少し人並みの暮らしができるようになったものの、源氏の須磨謹慎を機に忘れ去られ、オバの娘の召使にされそうになるという話がある。

この末摘花のオバというのは、実は『源氏物語』の今後の構想上、重要なひな型になっていると私は考えていて、階級移動という点でも非常に興味深いものがあるので紹介すると……。

「物質的な落ちぶれ」より「身分的な落ちぶれ」が下という感覚

末摘花は親もなく、ブスで極貧、歌もろくに詠めない、源氏によれば〝とるべき方なし〟(何の取り柄もない)という人柄ながら、妻の一人になるという、『源氏物語』以前の物語ではあり得ないような奇跡の人だ。

だが……弘徽殿の妹で、尚侍《ないしのかみ》(内侍司の長官)となって朱雀帝に入内した朧月夜との密通がきっかけで、源氏が須磨で謹慎することになると、その存在を忘れ去られ、三年目に源氏が帰京して政界に返り咲いたあとも放置されたままになってしまう。

末摘花のほうでも「いつかきっと思い出してくれるはず」と思うだけで、自分から連絡することはしなかった。

そこにつけ込んだのが末摘花の亡き母の姉妹、末摘花にとっては母方のオバ（母の妹か姉か不明なのでオバとしておく）で、彼女は、

〝世におちぶれて受領の北の方〟

になっていた。つまりは空蟬のような立場になっていた。

空蟬ももとは入内も検討されるほどの身分だったのが、父の死によって落ちぶれて、受領の後妻になっていた。そして源氏に犯されるようにして関係をもったあとは、

「こんなふうに〝品定まりぬる身〟（受領という身分に定まってしまった境遇）ではなく、亡き親の気配が残る実家にいたころ、お逢いするのなら良かったのに」（「帚木」巻）

と苦しんだものだ。

落ちぶれたというなら親王の娘なのに極貧になっている末摘花も落ちぶれているのだが、それは「物質（金銭）的な落ちぶれ」で、親王の娘であることには違いない。彼女のオバや空蟬は「身分的な落ちぶれ」なわけで、『源氏物語』ではそちらのほうが下という感覚なのだ。

『源氏物語』における階級移動の原因には、親の死によって上流が中流に落ちぶれるほか、さらに「結婚」というものがあるのだ。この結婚こそが、下にも上にも階級移動の可能性を開く大き

な要因として描かれることは、追々触れていくつもりである。

親族の階級格差と嫉妬

話を末摘花のオバに戻すと、彼女は、『源氏物語』の落ちぶれ女の中で唯一と言える悪役で（落ちぶれ男の悪役としては宇治十帖の左近少将がいるが、このオバほどではない）、「嫉妬と階級」的に見ても大きな存在だ。

「身分的に落ちぶれた」オバは、「物質的に落ちぶれた」姪の末摘花に、敵対心を抱いていた。

作者の紫式部曰く、

「もともと受領階級に生まれついた並みの身分の人は、かえって上流の人を真似ようと心づかいをし、プライドの高い人も多いのだが、〝やむごとなき筋〟（高貴な血筋）ながらもここまで落ちぶれる〝宿世《すくせ》〟（前世からの因縁）があったからか、性格が少し低俗なオバ君なのだった」

という設定で、

「姫君（末摘花）の母君は私をさげすんで、一門の〝面《おもて》ぶせ〟（面汚し）と思っていらしたから、姫君のお暮らしがお気の毒そうでも、お見舞いできないのです」

と嫌味を言っては、時々便りを寄越していた。

末摘花の亡き母は、姉妹が受領と結婚したことを、一門の恥と見ていたわけだ。母だけではない。のちにオバが末摘花に語るところによると、末摘花の亡き父・親王もオバを〝面ぶせ〟と

〝思し棄て〟（見捨て）ていた。

これはオバとしては確かに悔しかろう。

姉妹という最も近いあいだ柄で「親王の妻」と「受領の妻」という「階級格差」が生まれる。「親王の妻」たる姉妹やその夫による侮辱的な言動は、最も近いあいだ柄だけに、オバの心を苦しめたはずだ。

このように嫉妬する側の苦しみにも注目するのが『源氏物語』の特徴で、先の六条御息所などは最たるものだった。

が、このオバの悪役たるゆえんは、自分を苦しめた姉妹への「仕返し」として、姉妹の娘である末摘花を、自分の娘の使用人にしようとたくらむ点だ。

「私がこうして〝劣りのさま〟（劣った状態）となって見下されていたのだから、なんとか、こうしたあちらの〝世の末〟（家運の末）に乗じて、この君を、我が娘たちの使用人にしたいものだ。性格は古風でも実に安心な後見役になるだろう」

と考える。

「親王の妻」である姉妹に、「受領の妻」である自分は負けていた。けれど、「子の代」では、自分をバカにした「姉妹の娘＝親王の娘＝末摘花」を「自分の娘＝受領の娘」に仕える後見役にすることで、立場を「逆転」したい。末摘花が源氏に忘れられ、その家運も尽きそうなどん底状態になった今こそ絶好のチャンス、とオバは考えたのである。

ところが彼女の夫が九州に赴任することになった上、娘たちは都で結婚したために、末摘花を娘の後見役にする必要はなくなってしまう。にもかかわらずオバは、末摘花を九州に連れて行こうとする。それほどまでに姉妹に対するオバの恨みと妬みは深かったのである。

結局、末摘花はオバの誘いに応じず、花散里を訪ねる「ついでに」彼女を思い出した源氏の訪れを受け、源氏の屋敷（二条東院）に迎えられるという幸運が待っている。『源氏物語』の落ちぶれ女への厚遇が改めて実感されるのだが……（空蟬も夫の死後、源氏の妻でもないのに二条東院に迎えられるという異常な厚遇を受けている）。

『源氏物語』の嫉妬は、時に「親子二代」もしくは「親子孫の三代」もしくはそれ以上のスパンにわたって繰り広げられる親族間の栄枯盛衰劇の中で深まり、人の心や人生を翻弄することが、このオバの存在によって、はじめてはっきり示されている。

ちなみに物質的に落ちぶれた貴族が、身分の高低を問わず、富裕な親族に使われるということは、昔ながらの社会システムが崩壊したことの現れだ。先に紹介したように道長が落ちぶれた者を自分の娘の使用人や愛人にしたというのもこの類いである。

それは一面、彼女たちの生活を助けることともなったわけだが、血縁同士なだけに、その屈辱感はひとしおであろうことは、『源氏物語』の宇治十帖で、オバ夫婦に仕え、さらに受領の後妻になる「中将の君」という女房の心の内の描かれ方を見ても察しがつく。それについてはやがてじっくり触れるが、中将の君の一つのひな型が、末摘花のオバだったと思うのである。

そこにはさらに「逆転」というテーマも絡む。

かの六条御息所は、「地位が下の者＝夕顔」と「地位が上の者＝葵の上」の両者に嫉妬し、後者……自分と同等の出身階級ながら、自分の得られぬ正妻の座にいた葵の上……への妬みに、より苦しんで、源氏との関係に終止符を打つことになったものだ。

末摘花のオバもともとの身分は〝やむごとなき筋〟で、末摘花はもちろん、姉妹であるその母と同等の身分だったのが、受領との結婚によって下位に甘んじていた。そこに激しい嫉妬と「逆転」への野望が生ずる理由があった。

下位の者の嫉妬はいくら激しくても、上位の者のそれと違って、いじめなどの表立った行動として表れにくい。

しかし心の底では恨みをつのらせていて、相手の弱り目を狙って攻撃する。

こうした同等あるいは下位者による激しい嫉妬は、物語の後半でメインキャラクターの身に降りかかることになる。

第四章　敗者復活物語としての『源氏物語』

〝数ならぬ身〟を嘆く受領階級の女たち

『源氏物語』を初めて読んだ時、私が最も違和感を覚えたのは、〝人数《ひとかず》ならぬ〟とか〝数ならぬ身〟ということばだった。

端的に言えば「人の数にも入らない」という意味で、現代社会とて万人が平等であることなどあり得ないと分かっているとはいえ、こんな用語があること自体に、当時の身分制の厳しさ、階級社会の過酷さというものに、改めておののいてしまう。

『源氏物語』でしかし、この語を使う階級はほぼ限られている。

受領階級だ。

第三章で紹介した末摘花のオバは、受領の妻に落ちぶれたため、姉妹である末摘花の亡き母や、その夫である亡き親王に〝面ぶせ〟（一門の面汚し）と見下され、その仕返しに、源氏に忘れられていた末摘花を自分の娘の〝使ひ人〟（使用人）にしようと目論んでいた。そして、末摘花邸を訪ねた際、末摘花が源氏の妻となったのもつかの間、源氏の須磨謹慎をきっかけに訪れが途絶えていることを話題にし、こう語ったものだ。

「世の中はこうも先が分からぬものですから、〝数ならぬ身〟は、かえって気楽なものでございました」

「人の数にも入らぬ」という否定的なことばを、「いっぱしのご身分の方は、落ちる時も極端で大変よね〜」的な嫌味で、使っているのだ。

が、通常は、

「つきあう相手がいくら高貴な方でも、自分自身が人の数にも入らぬ身では、惨めな思いをするだけ」

というように、自分の身の程を嘆く文脈で使われる。

〝数ならぬ身〟とは、自分より上の階級の人と密な関係を持つことで自覚され、発せられることばであり、末摘花のオバ以前には、受領の後妻となった空蟬が使っている。源氏に迫られた時、

「〝数ならぬ身〟ながらも、こう人を見下したなさり方では、お気持ちのほどもどうして軽く思わずにいられれましょう」（「帚木」巻）

と抗議したのである。

ほかにも、宇治十帖の中将の君など、『源氏物語』でこのことばを発するのは、受領階級の、とりわけ女が、大貴族に接し、自身の身の程を否が応でも顧みずにはいられない時だ。

〝数ならぬ身〟とは絶対的なものではなく、

「高貴なあなたにとって人の数にも入らぬ身」

という意味であり、階級格差を自覚した際に発せられる、相対的な感覚に基づくことばなのである。

そのため『源氏物語』で、このことばを最も多用するのは、受領階級ながら源氏の妻となった明石の君ということになる。

娘の結婚による階級移動を目指す明石の入道

弘徽殿大后《こきでんのおおぎさき》の妹で、尚侍として朱雀帝に入内した朧月夜と、源氏は密通していた。そのことを知った弘徽殿の怒りによって政治的に干された源氏は、自ら須磨に赴いて謹慎。二年目の春の暴風雨の夜、夢に亡き父・桐壺院を見たあと、明石の浦から迎えの小舟がやって来る。小舟の主は前播磨守の明石の入道で、夢の告げによってやって来たという。

「他国の朝廷にも、夢を信じて国を助ける例が多うございます」

という入道のメッセージに、心の弱っていた源氏は謹慎の地を離れることを迷いながらも、

「世間の人が伝え聞いたらあとで非難されるかもと憚るあまり、本当の神の助けかもしれないのに、それに背いてしまったら今以上に〝人笑はれ〟（物笑い）な目にあうだろう」

と考える。それで、入道の提案に従い、須磨からほど近い明石に上陸。そこで入道に、娘（明石の君）と結婚してくれと、打ち明けられる。

入道曰く、娘が生まれて以来十八年、高貴な男と結婚させたいという〝高き本意《ほい》〟（高望み）を叶えてほしい一心から住吉の神を礼拝している。源氏が須磨へやって来たのは、その願いを神仏が聞き入れてくれたからであろう、と。

源氏の須磨謹慎も、自分の祈りによるものだと言うのだから、受領階級とは思えぬ大それた発言だが、彼はさらに言う。

「私は前世からの因縁が拙くてこんな口惜しい〝山がつ〟になりましたが、親は〝大臣の位〟を保っておられました。私は自ら〝田舎の民〟となってしまったのです。子孫にいくに従って、次々とこの調子で劣っていく一方では、果てはどんな身になりますやらと悲しく思っておりますが、娘には生まれた時から期待するところがあります。なんとかして都の高貴な人に差し上げたいと思う気持ちが深いあまり、身の程なりにあまたの〝そねみ〟（嫉妬）を負い、つらい目にあうことも多うございましたが、少しも苦にはしておりません。『命の限りはこの狭い衣でお守りしよう。私が先立つことでもあれば、波の中にでも身を投げてしまえ』と娘には申しつけております」

父は大臣、自分は受領。この調子で劣っていけば、娘や孫の代には一体、どんな身の程に成り下がってしまうのか……強い危機感を覚えた入道は、

「結婚による階級上昇」

正確に言うと、

「娘の結婚による敗者復活」

を望んでいた。そのため娘への多くの求婚を拒絶して、人の〝そねみ〟を負うたものの、目的のためには〝さらに〟(少しも)苦にしないという強い決意があった。

入道の血筋にはそう望むだけの「過去の栄光」があったのだ。

そんな父の犠牲になっているのは娘の明石の君であった。源氏と自分を結婚させたいという父・入道の願いを知った明石の君は、

「高貴な方は私を〝何の数〟にも思ってはくださるまい」(「須磨」巻)

と思い、受領の娘という自分の〝身のほど〟が〝知られて〟、「とても及びもつかないお方」と悲しくなる(「明石」巻)。ここで、明石の君が源氏の素晴らしさに触れて初めて〝身のほど知られて〟という心境になっていることに注意したい。受領階級の者が我が身の程を嘆くのは、一貫して大貴族と直接・間接に触れた時に限られているのだ。

だからといって、身の〝ほど〟に合った結婚は、

「〝さらに〟(絶対に)したくない」

と明石の君は思う。生まれた時から、

「高貴な男と結婚しろ。さもなければ海に飛び込んでしまえ」(「若紫」巻)

と洗脳されてきたからだ。

いったん落ちぶれながら、極上の栄華を目指す

明石の入道は『源氏物語』の中でも非常にインパクトのある人物だ。

そもそも大臣の子でありながら、自ら受領に成り下がったというのが変わっている。実際、入道は、世間づきあいもせず、近衛中将の地位も捨て受領を望んだということで、都では〝ひがもの〟(ひねくれ者)とバカにされているだけでなく、任地の播磨国の人にも〝すこしあなづられて〟いた(「若紫」巻)。

都での出世を諦め、実入りのいい受領に下った割には、娘が受領階級の男と結婚することをいやがって、高貴な人との結婚にこだわっているのだから、都の人にも現地の人にも冷笑されるのは無理もない。

なぜそこまで入道は階級移動にこだわるのか。

入道の先祖の大臣は、ずっとのち、「若菜上」巻で語られるところによれば、〝ものの違《たが》ひ目〟(何かの行き違い)があって「〝その報《むくい》〟で子孫が衰えた」と世間の人は言っていた、という。具体的に何があったかは物語では触れられぬものの、結果、子孫の栄達が望めぬ状態になっていた。

それでも何とか一門の再興をはかりたいという入道の強い願望がそんな夢を見せたのか、妻が明石の君を妊娠中、彼は日月を手中にするような、つまりは一族から天皇・皇后が出るという吉夢を見る。

入道はその夢を実現させるため、都での官僚の地位を捨て、実入りのいい受領の身に下ったと

「松風」巻時点 系図

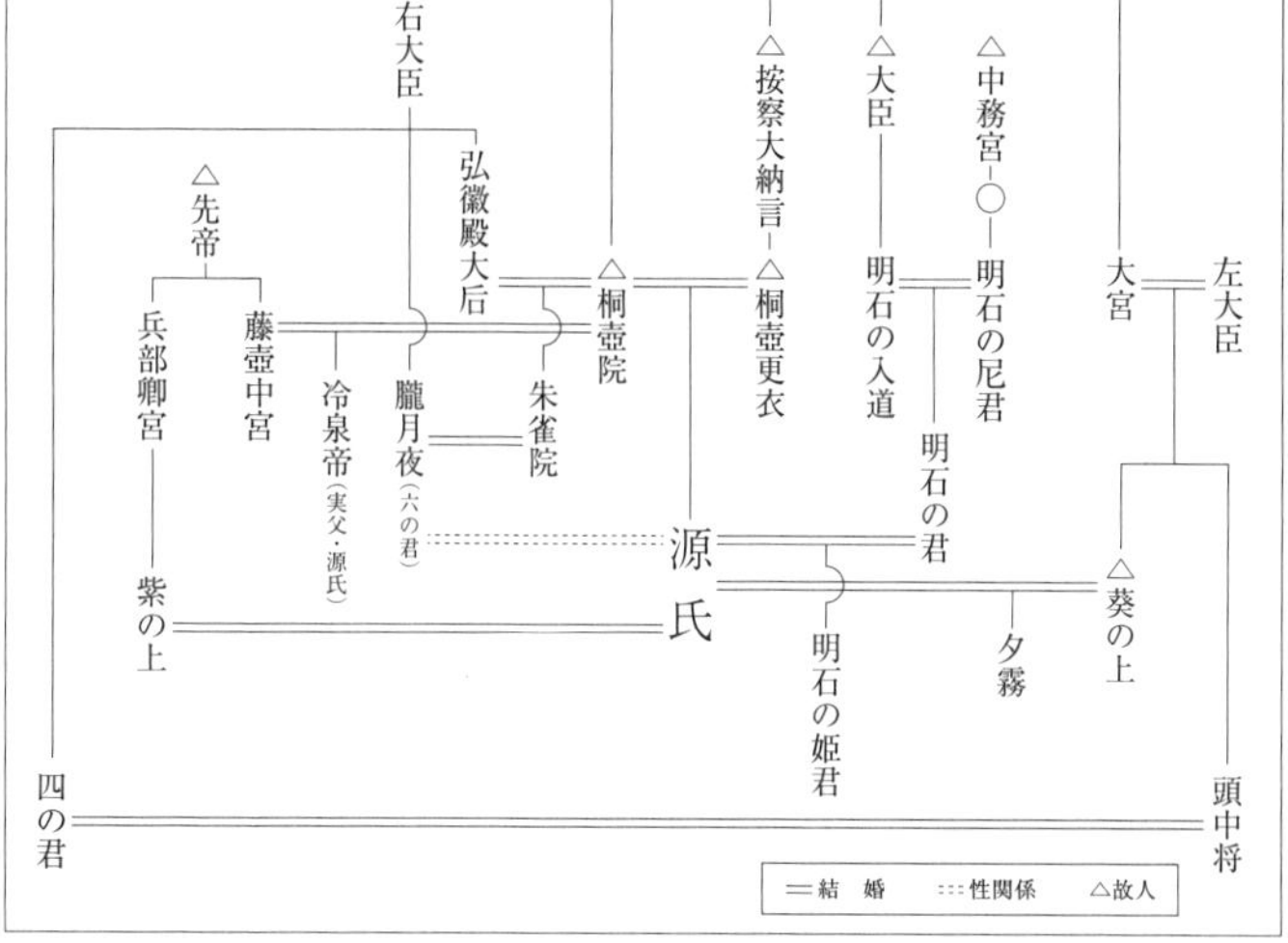

いうことが、明石一族の野望の実現が確実となった「若菜上」巻で明かされる。

吉夢を信じた入道は、

「一族から天皇・皇后を出すにはどうすればいいか」と考えた末、

「天皇・皇后を輩出するには、まず天皇家に入内させる『娘』が必要だ」と結論づけたのである。その娘を「権勢」も「財力」もない身で入内させるのは無理がある。そこで、

「娘を高貴な男と結婚させる→娘と高貴な男のあいだに女の子を生ませる→孫娘であるその女の子を入内させる→孫娘に皇子を生ませる→曾孫である皇子が即位する」という計画を立て、おおもとの、

「娘を高貴な男と結婚させる」を実現するには「財産が要る」と考え、自ら受領に成り下がったことになる。

なんとも遠大かつハイリスク・ハイリターン

な計画であるが、明石の君と源氏のあいだに生まれた明石の姫君は、入道の願い通り東宮に入内、その名も、

〝桐壺の御方〟（「若菜上」巻）

と呼ばれる。

そう、清涼殿から最も遠い殿舎、源氏の母・桐壺更衣の後宮での住まいであった「桐壺」の名で。

ここにきて、入道の野望の実現は、実は源氏の母・桐壺更衣の見果てぬ夢の実現でもあった、ということが、読者にはっきり示されるのだ。

実はいとこ同士だった桐壺更衣と入道

明石の入道の野望の実現が、なぜ源氏の母・桐壺更衣の夢の実現でもあったのか。

入道の外孫である明石の姫君は、大臣（源氏）の娘にもかかわらず、なぜハイランクの女御が住まう弘徽殿や藤壺ではなく、桐壺に住まい、後宮で〝桐壺の御方〟と呼ばれたのか。

実は、入道の父・大臣は、桐壺更衣の父・按察大納言とは兄弟であった。

つまり入道と桐壺更衣はいとこ同士だったのである。

ところが桐壺更衣の父は、娘の入内前に死んでしまう。

そして「私が死んでも入内の〝本意〟（宿願）を必ず遂げさせなさい」との父の遺言に後押し

されて入内した更衣は、入道のことばによれば、

「〝人のそねみ〟（人の嫉妬）がひどくて死んでしまった」（「須磨」巻）

さらに明石の尼君のことばによれば、更衣の生んだ源氏が世にまたとない資質を持ちながら天皇になれなかったのも、母方祖父の位が低く、〝更衣腹〟と言われる身の程だったからだ（「薄雲」巻）。

入道と尼君夫妻の分析によれば、桐壺更衣と源氏母子は「嫉妬」と「階級」（母方の身分の低さ）のせいで実力以下の立場に置かれていたわけだ。

明石一族はこうした親族の有様を他山の石とし、自ら受領となって蓄財、源氏と結婚した明石の君に念願の姫が生まれると、高貴な紫の上の養女とし、「階級」（母方の身分の低さ）をカバーすることで、姫が東宮妃となって成功するための布石を打つ。

明石一族の野望と成功は、人の〝そねみ〟に殺された桐壺更衣のそれに重なり、〝数ならぬ身〟の者たちの数代かけてのリベンジと言える。

そのことを示すためにも、明石の姫君は〝桐壺の御方〟と呼ばれなければならなかった。

と、ここで私は思うのだ。

彼らの夢の実現は同時に、高貴な先祖を持ちながら、受領階級に落ちてしまった紫式部の、物語を使った自己実現とも言えるのではないか、と。

『源氏物語』が四代の物語を必要としたわけ

第一章で触れたように、紫式部の先祖は上流階級に属していた。祖父や父の代には受領階級に落ちぶれていたとはいえ、高貴な人につながる親族も多く、曾祖父の兼輔は醍醐天皇に娘・桑子を更衣として入内させ、皇子（章明親王）を生ませていた。

しかも『源氏物語』の時代設定は醍醐・村上朝であることが音楽の研究から分かっており（山田孝雄『源氏物語の音楽』）、桐壺帝のモデルは醍醐天皇とされる。

もしも桑子の生んだ皇子が出世していたら……彼の娘が入内して生まれた皇子が東宮になったら……あるいは、道長と関係する紫式部自身が道長の娘を生んで、その娘が高貴な人に引き取られ、天皇家に入内したら……。

そうしたいくつもの「ｉｆ」をつないでいったのが『源氏物語』であったのでは……と第一章で私は書いた。

とはいえ、いくらフィクションでも現実味の無い設定では読者の納得が得られない。モデルとなった醍醐天皇には摂関家出身の女御がいて、皇子も生んでいたのだから、桑子の生んだ章明親王が東宮になることはあり得ない。

となると、彼の子に希望を託すしかないが、親王の子は通常、王や源氏となって、即位からますます遠ざかってしまう（宇多天皇のようにいったん源氏に下りながら即位した天皇もいるが、それは例外中の例外だ）。

けれど娘であれば道はある。入内させるのだ。

だとしても、更衣腹の親王の娘では、財力や身分はおぼつかない。よほど母親の地位が高ければ別だが、実家も中納言レベルの、即位の見込みのない親王を婿にするような家というのは、親王にゆかりのある親族か、親王の位をありがたがるような成り上がり、もしくは落ちぶれ貴族が関の山。だとしたら、そうした家の娘と結婚し、生まれた娘に箔を付けて天皇家に入内させ皇子を生ませる……。そもそも親王にはせず、臣下（源氏）にして政務を執らせたほうが権力に近づけるから、親王宣下は受けさせず、源氏にしよう……。

と、このようなストーリーを作るとしたら、更衣、皇子（源氏）、その娘、その皇子という、少なくとも四代が必要となる。

さらに、ひとりの人間が結婚し、その子が結婚・出産するまでに二十年かかるとすれば、四代描くのに八十年かかる。

ちなみに倉本一宏が、平安中期の醍醐から後朱雀までの十人の天皇の妻のうち、初産年齢が解る十四名について調べたところ、

「はじめて皇子女を出産した時の年齢は、平均すると二十一・四歳であり、最低でも十九歳に達しないと出産し得ていない」（『一条天皇』）

という。

出産の最低年齢十九歳で四代を計算するとぴったり七十六年。

『源氏物語』が四代七十六年以上にわたる物語であることは、偶然とは思えない。

つまり『源氏物語』は、世代を重ねて栄華を獲得するための最短の物語とも言えるのだ。

上流階級出身ながら落ちぶれて受領になったという明石の入道と娘は、こうした構想の過程で生まれたのではないか。

受領階級だから厚遇される

しかし、ここで一つ疑問がある。

『源氏物語』の更衣腹の皇子=源氏は、高貴な正妻・葵の上と結婚していたではないか。

そもそも父帝は源氏を、「外戚の後ろ盾のない無品《むほん》親王という不安定な身分にはさせたくない」と考え、親王宣下はせず、臣下（源氏）にして朝廷を固める政治家の道を歩ませた。その第一歩として左大臣家の令嬢・葵の上と結婚させたわけで、この葵の上が娘を生めば、文句なしのお嬢様として天皇家に入内できるではないか。

しかも、葵の上亡き後、正妻格となった紫の上は、母方を亡くし、父と別居していたとはいえ、父は親王として存命している。彼女が娘を生んでも良かったはずだ。

なのに葵の上は息子（夕霧）しか生まぬまま死んでしまうし、紫の上に至っては生涯、子を生まない。

わざわざ明石の君という、受領に落ちぶれた親の娘を、なぜ源氏と結婚させ、政治の大事なコマたる娘を生ませたのか。

それは、彼女が受領階級だから……としか思えないのである。

もちろん両者の親がいとこ同士だったという必然性はあるにしても（その必然性も紫式部の作為によるものであることは言うまでもない）、受領階級の娘だから、落ちぶれた娘だからこそ、紫式部は選んだのである、と。

『源氏物語』は敗者復活の物語

第三章で触れたように、『源氏物語』の最初の六巻のヒロインはことごとく落ちぶれ女だった。「桐壺」巻は、父・大納言亡きあと入内した桐壺更衣。「帚木」「空蟬」巻は、入内も予定されていたのに、父死後、受領の後妻となった空蟬。「夕顔」巻は、父母を早くに亡くし、頭中将とのあいだに娘も生まれていたのに、源氏とのデート中、変死した夕顔。「若紫」巻は、母と祖母を失い、父・親王の住む継母の屋敷に引き取られそうになっていた紫の上。「末摘花」巻は、父・親王死後、極貧に陥った末摘花。

このうち桐壺更衣と夕顔は嫉妬に殺されてしまう形だが、孫娘の代では院やミカドの妻を出すほど盛り返しているし、末摘花と紫の上は源氏の屋敷に迎えられ、紫の上は正妻格に。空蟬は源氏の妻でもないのに、夫死後、源氏の屋敷に迎えられている。

『源氏物語』は、落ちぶれた家の女たちを異常なまでに厚遇しているのだ。

いわば『源氏物語』は、敗者復活の物語なのである。

その最たる人が、明石の君であった。

『源氏物語』の中で、葵の上、紫の上、女三の宮といった高貴な妻たちが源氏の娘を生まず、受領階級に落ちぶれた明石の君だけが源氏の娘を生むという設定なのは、紫式部が是が非でも、落ちぶれた受領階級から中宮を出したかった、「敗者復活の物語」を描きたかったからに他ならない。

そして源氏の孫世代では、高貴な葵の上の生んだ夕霧の子が、明石の君の生んだ姫君の皇子たちに仕える身になるという「逆転劇」を、描きたかったからだろう。

明石の君が繰り返し、〝数ならぬ身〟の程を嘆いているのも、それが大貴族と接した紫式部の実感だからである。

〝数ならぬ身〟を嘆いた紫式部

実は、〝数ならぬ身〟を誰よりも嘆いていたのは紫式部自身だった。
女主人の彰子中宮が皇子を生み、その屋敷に一条天皇が行幸するという主家にとってこの上もない栄誉の日、紫式部は天皇の御輿を担ぐ駕輿丁が、苦しげに這いつくばるのを見て、
「私も同じではないか。高貴な人とのつき合いも、我が〝身のほど〟に限度があるのだから、まったく心が安らぐことはないのだよ」（『紫式部日記』）
と思っている。

実家に戻ると、こうも思っている。

「〝世にあるべき人かずとは思はずながら〟（この世で存在価値のある人間の数に入る身とは思わないものの）、さし当たって、恥ずかしい、ひどいと思い知ることだけは免れてきたのに、宮仕えに出てからは、本当に残るところなく思い知る我が〝身の憂さ〟であることよ」

また年末には、

「すっかり宮仕えに馴れ切ってしまったのも、うとましい〝身のほど〟だと感じる」

と嘆く。

定子中宮（皇后）の素晴らしさに感動し、

「宮仕えする女を浅はかで悪いことのように言ったり思ったりする男なんかはほんとに憎らしい」（『枕草子』「生ひさきなく、まめやかに」段）

と記した清少納言とはえらい違いである。

家集（『紫式部集』）には、

「身の上を、思い通りにならぬと嘆くことがだんだん並々の程度になって、ひどい精神状態の自分を振り返って」（〝身を思はずなりと嘆くことの、やうやうなのめに、ひたぶるのさまなるを思ひける〟）

という詞書のこんな歌もある。

「数にも入らぬ私の心のままには我が身はできないが、我が身の上に従って変化するのは心のほうなのだった」（〝数ならぬ心に身をばまかせねど身にしたがふは心なりけり〟）

「せめて心だけはどんな身の上になったら満足するのか。どんな身の上になっても満ち足りないと知ってはいるが、諦め切れない」（〝心だにいかなる身にかかなふらむ思ひ知れども思ひ知られず〟）

紫式部がいかに〝数ならぬ身〟を嘆いていたかが痛いほど分かる。

それは彼女の「落ちぶれ感」の強さが手伝っていることは間違いあるまい。

『源氏物語』での落ちぶれ女たちの逆転劇、敗者復活劇とも言えるストーリーは、こうした紫式部の心情と深く関わっているように思う。

彼女の心情を最も投影しているのが空蟬であるとすれば、彼女の願望を最も体現しているのが明石の君なのである。

明石の君はしかし、その異常なまでの子孫の繁栄と引き替えに、〝数ならぬ身〟の嘆きを引き受けることとなった。

「都へ行けば、若君（明石の姫君）の〝面伏せ〟（面汚し）となって、〝数ならぬ身〟の程が明らかになるだけ」（「松風」巻）と恐れながらも上京した彼女は、可愛い盛りの三歳の姫君を、正妻格の紫の上の養女として手放すことになり、姫君が十一歳で東宮に入内する際、紫の上の口添えでお付きの女房として出仕するまで、長い忍従の歳月を過ごすこととなる。

第五章　意図的に描かれる逆転劇

紫の上の浮き沈み人生

『源氏物語』の女君は数いれど、源氏を主人公とした正編のヒロインは誰かと問われれば紫の上に他なるまい。

父帝の中宮・藤壺を、許されぬ相手と知りながら熱愛していた源氏は、藤壺の面影を宿す紫の上を一目見て惹きつけられた。藤壺の〝御かはりに〟明け暮れの慰めとして見たいと考えた源氏が、彼女の素性を聞くと、なんと藤壺の姪であった。紫の上はそんなゆかりもあって、藤壺の身代わりとして源氏に愛されることになるのだが……。

階級移動の多い『源氏物語』でも、紫の上ほど、アップダウンの激しい生涯を過ごした女君は少ないかもしれない。

その人生を時系列で追っていくと……。

1 初めて物語に現れた時、彼女は母方祖母と共に、祖母の兄弟である僧都のいる北山の僧坊にいた。母は生まれたころに死去。父・親王（兵部卿宮。のちの式部卿宮）は正妻のもとに同居しており、紫の上とは疎遠であった。

2 十歳の時、祖母も死に、継母のいる父のもとに引き取られる寸前、源氏に拉致同然に迎えられる。そして源氏の正妻の葵の上死後、十四歳の時に源氏に犯される形で妻となる。紫の上は孤児同然の身から源氏の正妻格となり、その〝御幸ひ〟（ご幸運）を世間の人も賞賛し、父・親王とも思いのままに交流できる境遇となる。

3 幸運も束の間、源氏の須磨謹慎が決まり、夫と離ればなれの暮らしに突き落とされる。

4 二年後、源氏が帰京、冷泉帝の後ろ盾として出世するも、源氏が謹慎中に関係した明石の君に姫君が生まれたことを知る。

5 明石の君の身分の低さから、姫君は紫の上の養女に。子ども好きの紫の上は喜び、数え年三歳の姫君も紫の上を慕う。

6 姫君は十一歳で東宮に入内。紫の上は姫君の実母・明石の君とも初対面し、めでたしめでたしで、正編前半の最終巻「藤裏葉」が閉じられる。

7 正編後半の始まる「若菜上」巻で、突如、朱雀院の溺愛する女三の宮が源氏の妻として降嫁。正妻となった女三の宮は、源氏の子（実は柏木に犯されて宿した子）を生み、明石の君も、女御（のち中宮）となった姫君を支える女房として着実に地歩を固める。そんな中、紫の上は夫に出家を願うも許されぬまま、露が消えるように死去。

こうしてみると紫の上は、源氏の女関係の最大の被害者と言えるのだが……。

実は、こうした紫の上のアップダウンのたびに、妬んだり怒ったりほくそ笑んだりしていた人物がいた。

紫の上の母をストレス死させた継母である。

紫の上の継母の嫉妬と憎悪

物語では大北の方と呼ばれる、紫の上の継母は、紫の上が源氏の正妻格として大切に扱われ、父親（継母にとっては夫）と交流する様子に、
「最高の地位にと期待していた実の娘のほうは、どうにもはかばかしくないので、〝ねたげ〟（妬ましげ）なことが多く、面白からぬ気持ちに違いない」（「賢木」巻）
と描写されていた。
そして源氏が須磨で謹慎することになると、
「急に降って湧いた〝幸ひ〟（幸運）があわただしく逃げていく。ああ縁起でもない。思ってくれる人に次から次へとお別れになる人なのね」（「須磨」巻）
と憎まれ口を叩くに至る。
ところが源氏が帰京して政界に復帰すると、悔しい思いをするのは大北の方であった。夫（紫

の上の父・親王）はもともと紫の上とは疎遠の上、源氏の須磨謹慎を機に冷淡な態度を取っていた。源氏はそれを根に持って、彼を陥れた弘徽殿大后などには相手が間が悪くなるほど丁重に接する一方で、紫の上の父・親王には冷たい仕打ちを時折混ぜるようになっていた（「澪標」巻）。

しかも冷泉帝の後宮には、源氏の親友の内大臣（昔の頭中将）の娘で、かの弘徽殿大后の姪の弘徽殿女御のほか、今は亡き六条御息所の娘で、源氏の養女となった斎宮女御（のちの秋好中宮）が入内していた。そこに、大北の方腹の王女御《おうにょうご》も入内。本来であれば、冷泉帝の母后である亡き藤壺の兄たる親王は、最も権勢に近いはずであったが、源氏の威勢の前では影が薄く、中宮（皇后）になったのは源氏の擁する斎宮女御であった（「少女」巻）。

これだけならまだしも、亡き夕顔の娘で、源氏の養女になっていた玉鬘が、鬚黒大将の妻となったため、大北の方は源氏と紫の上への憎悪を、夫・親王に向かってぶちまける。鬚黒の北の方は、大北の方の実の娘だからである。

「源氏の君は、王女御の件でも、何かにつけて、こちらが引っ込みがつかないようなひどい仕打ちをなさっていたが、それは須磨の時以来、あなたへの恨みが解けなかったから、思い知れというおつもりなのだとあなたは思って、そうおっしゃるし、世間の人もそう言っている。それすら私は、そんなことがあっていいものか、あの紫の上ひとりを大事になさっているからには、その周りにも幸運が及んだっていいじゃない、そういう例だってあるのに……と納得いかなかったのよ。それを今ごろになって、わけのわからない〝継子かしづき〟（継子の世話）をして、〝おのれ古したまへる〟（自分が慰み古したお下がり）を、哀れに思って、実直で浮気なんてしそうにな

い人をというんで取り込んで、ちやほやなさるなんて、ひどすぎる」（「真木柱」巻）

実は、玉鬘と鬚黒の結婚は、玉鬘の養父の源氏ではなく、実父の内大臣が裏で糸を引いていたのだが、源氏憎し、紫の上憎しの大北の方は、源氏のしわざと思い込んでいた。しかも源氏と玉鬘が男女の関係にあったと邪推して、自分の使い古し（玉鬘）を捨てがてら、実直な婿の鬚黒に押しつけたと解釈しているのだ。実際、源氏は玉鬘に対してセクハラめいた言動はしていたものの、最後の一線は越えなかったため、初めて玉鬘と枕を共にした鬚黒は「世間の疑っていたことも潔白だったのだ」と感動していた。

すべては大北の方の独り合点なのだが、そのくらい紫の上と源氏のことが憎かったのである。

継母としても優秀な紫の上

これは典型的な継子いじめの物語で、継母は継子である紫の上の幸せが悔しく、不幸が嬉しい。父・親王に迎えられる寸前、拉致同然に源氏に引き取られた紫の上だが、もしも源氏に引き取られていなければ、この継母にどんなひどい仕打ちを受けていたか知れない。

幸い紫の上は源氏の妻となり、大北の方の実の娘たちは不遇の身となった。

このように、実子に罰が下ることで継母が苦しむのも継子いじめの物語の常套だ。窮地に追い込まれた継母は、継子の紫の上を陰で罵り、〝まがまがしきこと〟……つまりは呪いめいたことばまで言い散らす。

そんな継母……大北の方は、〝さがな者〟（性悪）という設定だ。ちなみに有名な継子いじめの物語『落窪物語』の継母も〝さがな者〟（巻之二）という設定である。

皮肉なことに、大北の方の継子の紫の上もまた、明石の姫君にとっての継母であるわけだが、心優しい紫の上は姫君を真心から可愛がり、源氏もまた姫君が幼いころから、継母の意地悪な物語などは省いて見せないようにするという心遣いをしていた（「螢」巻）。「継母は意地悪なもの」という先入観を持たせたくなかったためだ。

『源氏物語』は、大北の方や、源氏を追いつめる弘徽殿大后といった「悪い継母」と、源氏に愛される藤壺や、明石の姫君をいつくしむ紫の上といった「良い継母」を対比させる。自身、父親ほども年上の藤原宣孝と結婚した紫式部はすでに成人した子らの継母であった。それもあって、継母といえば悪という図式を打ち砕こうとしたのかもしれない。

そんなふうに継母としても成功した紫の上ではあったが、意地悪な継母＝大北の方の思惑を、実は気にしていた。

後年、女三の宮が源氏のもとに降嫁することを、源氏の口から聞かされた紫の上は、

「私の気持ちに遠慮したり私が意見したからといって止まるような、当人同士の心から起きた恋でもない。誰もせき止められない結婚なのだから、愚かしく塞ぎ込んだ様子を、世間の人に見せるのはよそう」

そう決意しながら、真っ先にこの継母のことを思い浮かべている。

「大北の方が、いつも呪わしげなことを色々とおっしゃっては、私にはどうにもならない大将

「藤裏葉」巻時点 系図

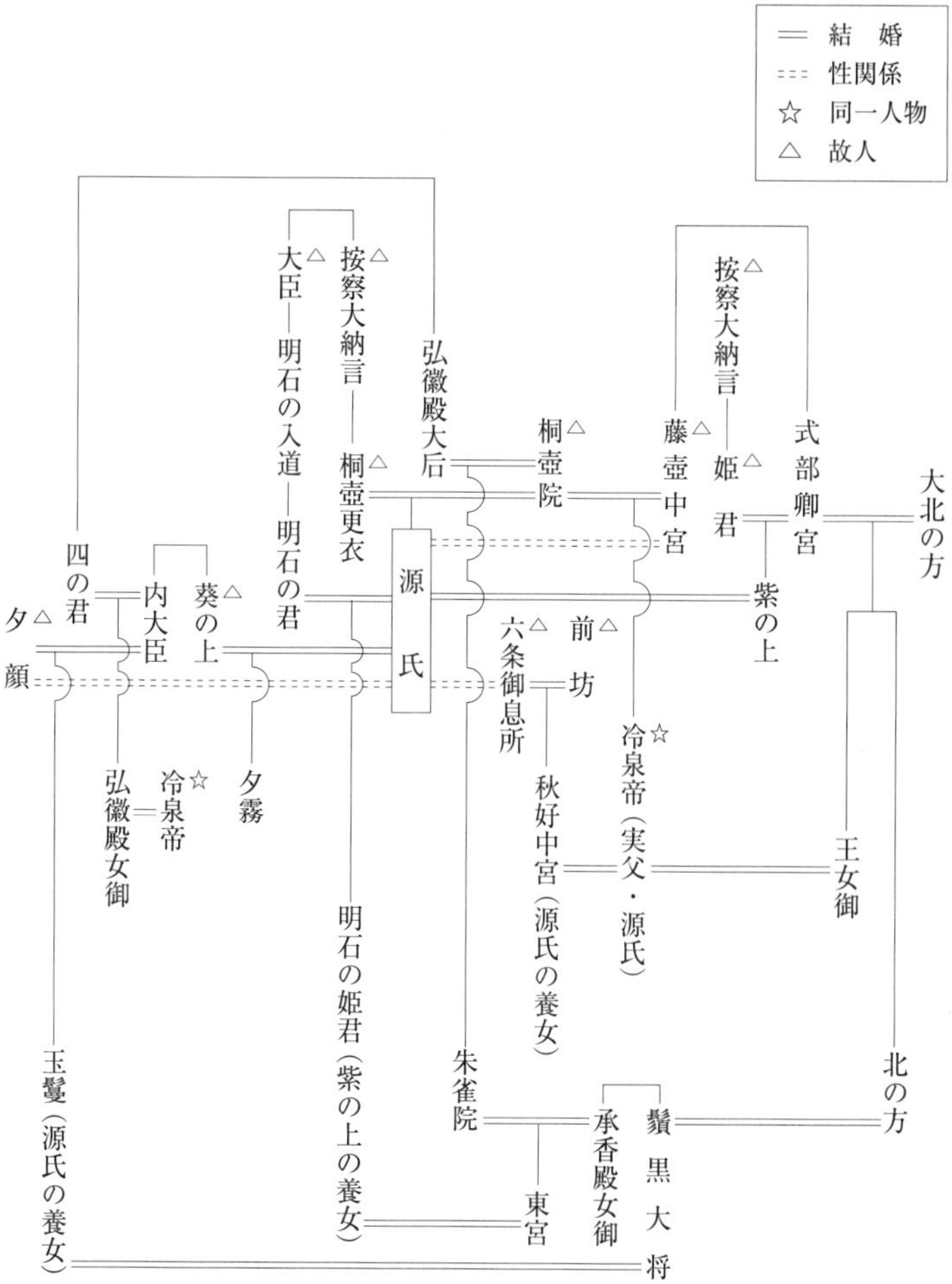

結婚
性関係
☆ 同一人物
△ 故人
按察大納言△
大臣△
明石の入道
明石の君
弘徽殿大后
桐壺更衣△
桐壺院△
源氏
按察大納言△
藤壺中宮△
姫君△
式部卿宮
大北の方
紫の上
四の君
内大臣
葵の上△
夕顔△
六条御息所△
前坊△
冷泉帝☆（実父・源氏）
秋好中宮（源氏の養女）
王女御
弘徽殿女御
冷泉帝☆
夕霧
明石の姫君（紫の上の養女）
朱雀院
承香殿女御
鬚黒大将
北の方
東宮
玉鬘（源氏の養女）

（鬚黒）の一件でさえ、妙に私を〝恨みそねみたまふなるを〟（恨んだり妬んだりなさっているようなのに）、こんなことを聞けば、『それ見たことか』と思われるだろう」

だからいっそう塞ぎ込むわけにはいかない……そう決意を固める紫の上であったが……。

自分の幸福は継母に妬みを生み、自分の不幸は継母の喜びを生む……そんなふうに思うことはどれほどストレスであったことか。

おっとりとした性格という設定の紫の上がここまで大北の方の思惑を気にするに至るのは尋常なことではない。

そこには、紫の上の母の代からの嫉妬と階級の長い歴史があったのである。

二代にわたる興亡

紫の上の母と、大北の方は、共に紫の上の父・親王の妻であったが、後ろ盾の弱い紫の上の母に対し、大北の方は強い正妻だった。

第二章で触れたように、紫の上の母は按察大納言の娘で、天皇家に入内させるべく大事に育てられていたものの、その〝本意〟（本来の願い）が叶わぬうちに父・大納言が死に、親王が通い出して紫の上が生まれた。が、親王の北の方（大北の方）が〝やむごとなくなどして〟（重々しい身分だったりして）心労が多く、紫の上の祖母の兄弟である北山の僧都によれば、〝もの思ひに病づく〟（物思いで病気になる）

形で衰弱し、紫の上の生まれるころに死んでしまった。

つまりは大北の方の圧力によるストレスに殺された形であった。

紫の上の母が、源氏の母・桐壺更衣と同様、大納言の娘、しかも同じ「按察大納言」の娘で、天皇家に入内するべく育てられていたことに注目したい。

志半ばで死んだ祖父・大納言、正妻の圧力による心労で死んだ母……。

紫の上の母方祖父と母は、源氏の母方祖父と母にそっくりなのだ。

そして源氏はと言えば、弘徽殿の生んだ朱雀帝が退位すると、代わって即位した冷泉帝（実父は源氏）の後見役として活躍する。源氏が帰京した折に、弘徽殿は、

「とうとうこの人を〝え消たずなりなむこと〟（抹殺することはできなかった）」（「澪標」巻）

と負けを認めたものである。

桐壺更衣と弘徽殿大后は、子である源氏と朱雀院の代で、地位が逆転するということはないものの、美貌や才能、女関係、世間の声望、すべてが源氏のほうが上で、源氏は朱雀院の愛する朧月夜の心も体も奪ってしまうし、退位後の朱雀院が心を寄せていた斎宮（秋好中宮）のことも冷泉帝に入内させて手に入らないようにしてしまう。

親の代では負けていても、子の代では、負けた側が優勢になっているのだ。

紫の上の場合も、母は大北の方に間接的に殺された形であったが、娘（紫の上）の代になると、冷泉帝に入内した王女御も、鬚黒大将の北の方も、立派な地位ではあるものの、冷泉帝の皇后には源氏の養女・斎宮女御（秋好中宮）が立つし、あとで触れるように鬚黒大将の正妻の地位も、

やはり源氏の養女の玉鬘が奪う形となってしまう。

子の代で、地位が逆転している。

物語は、子を使って親の恨みを晴らしているとも言える。

母親世代の屈辱を、子世代でリベンジ

親の恨みを子でリベンジ……そんな視点で見ていくと、源氏の出世のきっかけとなったのは、父帝の中宮・藤壺との不義の子の冷泉帝であった。

幼いころに亡くした母の面影も知らぬ源氏ではあったが、母に似ているというので入内することとなった藤壺に思いを寄せ、密通して生まれたのが冷泉帝である。しかも冷泉帝は、母・藤壺死後、夜居の僧都の口から実父が源氏であると聞かされる。驚愕した冷泉帝は源氏に譲位しようとまで思いつめるものの、踏みとどまり、以後はこれまで以上に源氏を厚遇するのである。

ちなみに藤壺も父帝を亡くし、入内に反対していた母后も死に、兄の親王（紫の上の父）に促されて入内したといういきさつだ。

高貴ではあるが、藤壺も両親のない身の上であった。そんな藤壺と成した「子の力」によって、源氏は以前とは比較にならぬ権力を得る。

加えて、政治的・階級的「敗北者」である明石一族とタッグを組み、明石の姫君が東宮に入内して、多くの皇子女を生むことで、親の負けを取り戻した。

紫の上もまた、「敗北者」の母をもつ源氏と結婚することで、親の負けを取り戻し、源氏の養女である玉鬘や秋好中宮の成功により、母を苦しめた継母への復讐が果たされることになる。

しかもこの二人の養女たちも「敗北者である母」の娘だった。

玉鬘の母・夕顔は、父・三位中将を亡くし、心細い状態にあったところに、頭中将（のちの内大臣）が通うようになって、玉鬘を生んだ。そして頭中将の正妻（弘徽殿大后の妹の四の君）の脅しにおびえ、乳母の家から山里に移る方違えのため、みすぼらしい所に隠れていたところを源氏に見出され、六条御息所の妬みによると思しき物の怪のせいで変死した。それが娘の玉鬘の代では、鬚黒の正妻となって、多くの子らを生むことになる。

六条御息所にしても、源氏の正妻・葵の上の下位に甘んじて恨みをつのらせていたのが、娘は中宮となって、葵の上の子である夕霧の上に君臨する形となった。

こうした親子の「逆転劇」を紫式部が意識的に描いていたことは、秋好中宮の立后に、
「〝御幸ひ〟が、母君（六条御息所）とはうって変わってこうも優れていらっしゃることに、世の人は驚いている」（〝御幸ひの、かくひきかへすぐれたまへりけるを、世の人驚ききこゆ〟）（「少女」巻）
という世評を記していることからも分かる。
『源氏物語』は、敗北者の親を持つ子ども同士、もしくは孤児同然の者同士が引き寄せ合い、力

を合わせることで、親を負かした相手に打ち勝つ逆転劇として読むことができるのだ。その過程で、頻発するのが「嫉妬」である。

「理想的な嫉妬」という欺瞞

源氏に引き取られた十歳のころには、葵の上という上位者に嫉妬されているということすら知らなかった紫の上であったが、源氏が須磨で謹慎中、明石の君と関係し、姫君をもうけたことで、今度は嫉妬する立場となる。しかしその嫉妬は、相手の身分が段違いに低かった上、源氏の気遣いも手伝って、男に「可愛い」と思われる程度のものに過ぎない。

源氏は明石の君の存在を常に下に見ており、明石の地から、彼女のことを初めて紫の上にほのめかした時も、

〝しほしほとまづぞ泣かるるかりそめのみるめはあまのすさびなれども〟（しおしおとまずは泣けてくる。かりそめに逢った人は、海人の遊びに過ぎないのだが）

などと書いていた。それに対して紫の上は、〝何心なくらうたげに〟（何の邪気もなく可愛らしく）返事を書いてきて、末尾にさりげなく、

〝うらなくも思ひけるかな契りしを松より浪は越えじものぞと〟（これっぽっちも疑ったりしなかった、約束したから。待ちさえすれば、あなたが波を越えることはない、裏切って浮気するようなことなどないと）

と、〝おいらか〟（穏やか）なものの、〝ただならず〟あてこすっているので、源氏は胸が締めつけられて、そのあとしばらく、明石の君との内緒の〝旅寝〟もしなくなってしまう。

源氏と紫の上は共に、明石の君を身分的に見下している。そんな彼女に対する紫の上の嫉妬は、源氏にとって常に「ほど良く可愛い」もので、紫の上への愛情を再確認するスパイスのようなものとして描かれているのだ。

明石の君に姫君が誕生した時も、喜ばない風を装いながらも報告する源氏に対し、紫の上は嫉妬のそぶりを見せるのだが、源氏の目には、

「とてもおっとりと、可愛く、たおやかでいながら、さすがに強情なところがあって、〝もの怨じ〟（嫉妬）をしているのが、かえって魅力的で、腹を立ててみせるのも、〝をかしう見どころあり〟（面白く手応えがある）とお思いになる」（「澪標」巻）

と、可愛い嫉妬として映る。

源氏はかつて占いで、子は三人、ミカドと后が必ず並んで生まれる、中の劣りは太政大臣となるという結果を得ている。つまり明石の姫君は后の位を約束された大事な政治の道具である。そこで養育は、実母の明石の君ではなく、高貴な紫の上に依頼する。子ども好きな彼女は「どんなに可愛らしいかしら」と楽しみにするという都合の良さ（「松風」巻）。

今まで『源氏物語』に出てくる嫉妬は、桐壺更衣をいじめて死に追いつめる後宮のライバルたちの嫉妬、夕顔や葵の上に取り憑き死に至らしめる六条御息所の嫉妬……など、恐ろしい嫉妬ばかりであったが、ここには、男を喜ばせ、つなぎ止める「理想的な嫉妬」が描かれているのだ。

実はこうした理想的な嫉妬の形は、すでに「雨夜の品定め」で提示されていた。

「万事、なだらかに、怨みごとを言いたいところでは、私は知っていますよとほのめかし、恨んでいいような場合でも、憎らしくなくちらりと触れるようにすれば、それにつけても男の愛はまさるはず。多くは夫の浮気心も妻次第で収まりもするでしょう。あまりに寛大に、男を野放しにするのも気楽で可愛いようだけれど、自然と軽く扱っていい女に思えるんですよ」という左馬頭の論である（→第三章）。

紫の上はこの「理想的な嫉妬」を具現化している。

だが……「理想的な嫉妬」というような都合のいいものが果たしてあるのか。

嫉妬心をバネに出世を目指すというようなことはあるだろうが、身分差の絡む男女関係でのそれは、あくまで身分的な「上位者」という余裕があるからこそ実現するのではないか。

明石の君は受領の娘、紫の上は親王の娘である。確かに二人の身分は段違いに見える。しかし、いくら一夫多妻とはいえ、子までできたのに、このおっとりぶりは異常ではないのか。

『源氏物語』より少しあとの時代ではあるが、現実には、道長の子の頼通の正妻・隆姫の嫉妬が激しいために、他の女が生んだ男子三人が養子に出されたということもあったのである（『愚管抄』巻第四）。

逆に言うと、このくらい嫉妬が激しいほうが、相手をひとかどの者として警戒視しているということが伝わってくる。

紫の上は明石の君を身分的に取るに足りない者……と侮り過ぎているのではないか。

相手がいくら下位者であっても、紫の上の心には、少しずつ澱のような何かがたまっていたのではないか。

そのひずみはずっとあとになって……今度は紫の上が下位者の立場になった時、現れることを、読者は知ることになるのだが。

この紫の上の「理想的な嫉妬」という形も実は、母娘二代にわたる逆転劇、それも典型的な継子いじめの文脈の中での、継子の優位を語る物語の一部と見ることもできるのである。

第六章　身分に応じた愛され方があるという発想

紫の上の異母姉の最悪な嫉妬

正妻の「下位」に甘んじ不遇に死んだ母と違い、源氏の妻となる〝御幸ひ〟を得た紫の上は、父の正妻だった継母や異母姉たちの「上位」の立場になった。

そして明石の君という下位者に対しては、夫を喜ばせ、愛情を再確認させる「理想的な嫉妬」をしてみせた。

正直、その様は読者としてはあまり面白くない。優等生すぎてエンタメ性に欠けるのだ。

これに対して、その異母姉の嫉妬は、『源氏物語』の数ある嫉妬の中でも、最も男の心を萎えさせる、リアリティに満ちたもので、それだけに実に面白くもある。

この異母姉は、その鬚がちな風貌から「鬚黒大将」と呼ばれる男の北の方だった。

物語に現れた時の彼女は三十五、六歳。鬚黒は三十二、三歳だ。正妻が夫より年上というのは当時珍しいことではない。藤原道長の正妻・源倫子も道長より二歳年上だし、一条天皇の中宮

（皇后）定子も天皇より三歳年上だ。鬚黒と北の方もそんな当時の普通の貴族の夫婦として、三人の子をもうけていた。

もとより人に劣る身ではなく、美しい顔立ちだった北の方はしかし、〝あやしう執念《しふね》き御物の怪〟（不思議と執念深い物の怪）に長年悩まされていた。〝心違《たが》ひ〟（正気をなくす心の病）の発作が出る折々も多く、夫婦仲は冷えていた。それでも〝やむごとなきもの〟（重々しい正妻）としてはほかに並ぶ人もなく、鬚黒は大事に思っていたのである。

そんなころ、源氏の養女となった玉鬘には、源氏の異母弟の螢宮や、玉鬘を実の姉とも知らない柏木などの求婚者たちが群がっていた。その中で、鬚黒は、玉鬘の実父の内大臣（昔の頭中将）の協力を得て寝所《しんじょ》に侵入、夫となることに成功する。そして想像以上の玉鬘の魅力にすっかり夢中になってしまう。

玉鬘は、物語の中で紫の上に迫る美女として描かれている上、年も二十三歳と若い。

堅物の鬚黒は、恋愛馴れした色好みと違い、人にとって恥になることを思いやる余裕もなく、北の方の嘆きも知らず、可愛がっていた子どもたちをも顧みず、ひたすら玉鬘に打ち込んだので、

〝人の御心動きぬべきこと多かり〟（人のお気持ちを逆撫ですることが多かった）（「真木柱」巻）

と物語は言う。

北の方の実家の親王家では、

「私が生きている限り、〝いと人わらへ〟（そんな物笑い）な扱いに甘んじなくても過ごせよう」

と北の方に実家に戻るよう勧めてくる。当時の貴族の結婚は、新婚のうちは夫が妻の実家に通

い、子などができると独立するパターンが多い。鬚黒夫妻もそのように独立したのだろうが、夫が新しい妻のもとに通って留守にしているような家に留まることはない、そんな屈辱に耐える必要はないというわけだ。

北の方は思い乱れ、ますます精神状態がおかしくなって、寝込んで苦しんだ。部屋なども異様にだらしなく、綺麗なところもなくみすぼらしくて、すっかり引きこもっている北の方……それにひきかえ、玉鬘のいる源氏の屋敷は玉を磨いたような美しさ。「断捨離」を提唱するやましたひでこは、部屋はその人そのものを表すとよく言っているが、北の方と玉鬘の部屋はまさに彼女たちそのものを象徴している。このように細部の描写まで納得できるリアリティがあるのも『源氏物語』の特徴だ。

すべてが美しい玉鬘を見たあとでは、鬚黒の心が北の方に戻るはずもない、と物語は言う。けれど長年の情で、しみじみいたわしく思う心もある、と。何とか穏便に事を運びたい鬚黒は、北の方を必死でなだめるものの、女扱いの下手な彼は、なだめるつもりが恩着せがましい物言いとなり、北の方を連れ戻そうとしている舅の親王を「軽率だ」と貶めた。おとなしい北の方ではあったが、

「私のことをぼけているだの、ひがんでいるだのとはずかしめるのは無理もありませんが、父宮のことまで悪くおっしゃるのは、父宮に伝わればお気の毒だし、私が至らないばかりに、ないがしろにされているようで……私の悪口は耳馴れているので何とも思いませんが」

とそっぽを向く。すると鬚黒は言う。

「何もかもご立派なあちら様に〝憎げなること〟（嫌な噂）が伝わりでもしたらお気の毒だし、申し訳ないでしょう。どうか穏便に新しい妻とも仲良くつき合ってください。あなたが宮邸に帰っても忘れはしません。いずれにしても、今さらあなたへの誠意が薄らぐことはないが、世間の手前、〝人わらへ〟（物笑い）になるのは、私にとっても軽率のそしりを免れませんから」

北の方を実家に連れ戻そうとする親王を「軽率」と言いつつ、「あなたが実家に戻っても忘れない」と、北の方との別れを前提にした口ぶり……。しかも北の方の家を立てるならまだしも、新妻である玉鬘とその養父である源氏の思惑ばかり気にしている。

この屈辱的なことばに、北の方は不意に紫の上のことを口にする。

「その源氏の大殿の北の方というのも、私にとっては〝他人《ことひと》〟ではありません」

北の方にとって紫の上は異母妹なので、こう言ったのだ。そして続ける。

「あの人は、〝知らぬさまにて生ひ出でたまへる人〟（こちらの知らない状態で生まれ育った方）で、あとになって、こうしてあなたの新しい奥様（玉鬘）の母親ぶってお世話なさっているとは薄情なことと、父宮はこぼしておいでのようだけど、私は気にしておりません。あなたの今後のなさりようを見るばかり」

ここで北の方が紫の上のことを〝知らぬさまにて生ひ出でたまへる人〟と形容していることに注意したい。

北の方にとって紫の上は、親王家では関知しない外腹の女、有り体に言えば劣り腹の妹だ。夫が持ち上げている源氏の北の方は我が家にとっては「格下」なのだ……そんな意識がこのことばには込められている。

だが、鬚黒の答えは、北の方のプライドをさらに打ち砕くものであった。

「今回のことは源氏の大殿の北の方（紫の上）の関知なさるところではないのです。あの方は〝いつきむすめ〟（箱入り娘）のように暮らしておいでなのですから、〝かく思ひおとされたる人〟（こんなに見下された身の上の人）のことまでご存知なわけがないでしょう」

鬚黒は、北の方が「我が家では知らぬ状態で生まれ育った人」と見下した紫の上を、「こんな夫婦のごたごたなど関知しない箱入り娘」と持ち上げる。実際、玉鬘の世話役は、紫の上に次ぐ地位の妻・花散里に託されており、鬚黒のことばは嘘ではないのだが……。〝かく思ひおとされたる人〟とは玉鬘のことを指す説と、鬚黒のことを指す説があり、いずれにしても嫌味な物言いに違いない。

爆発する嫉妬

こんなふうに、北の方の神経を逆撫でしながらも、一日中、部屋にこもって彼女を説得していた鬚黒は、日が暮れると玉鬘のもとに行きたくて心も上の空になる。折しも外を見れば雪が降りだしている。

こんな雪の日にまで出かけるのが人目に立てば、北の方も可哀想で、むしろ憎らしく嫉妬して恨んでくれれば、それを口実に出かけられるのに……と鬚黒は思うが、北の方はおっとりと平静

を装っている。さすがの鬚黒も思い乱れて、格子も上げたまま外をぼんやり眺めていると、北の方はけなげにも、

「あいにくな雪の中をどう踏みわけて行くおつもりなの？　夜もふけてしまうわよ」

と促してくる。

〝今は限り、とどむとも〟

と、思い巡らしている様子が胸を打つのである。そうして女房に香炉を持って来させて、出かける夫の着物に香をたきしめさせる。目をひどく泣き腫らしているのが少しうとましいものの、鬚黒はしんみりした気持ちになって、「跡形もなく新妻に心変わりした自分こそが軽薄なのだ」とも思うのだが、玉鬘に逢いたい気持ちはつのる一方。見せかけだけのため息をついては、衣服を整え、小さい香炉まで取り寄せて念入りに香りを移している。

その姿に、鬚黒の二人の〝召人〟（お手つき女房）も嘆きながら横になっていた。実直な鬚黒は北の方以外に妻はいなかったが、召し使う女房とは手軽な性関係を結んでいたのである。こうした関係は当時の貴族にとっては普通のことで、紫式部も道長の召人と言われていることはすでに触れた。

北の方にとっては面白からぬ気持ちではあっただろうが、女房が相手なら敵ではない。しかし今回は今をときめく源氏の養女……。北の方は〝いみじう思ひしづめて〟（懸命に思いを静めて）可憐にものにもたれていた……。

と、見る間ににわかに起き上がり、大きな伏せ籠《ご》（伏せておいて、その上に衣服をかける籠《かご》。

中に香炉を置いて衣服に香をたきしめる）の下にあった香炉を取ると、髭黒の後ろに立って、さっと中の灰を浴びせかけたではないか。

一瞬のことで、細かな灰が目鼻にまで入り、払い捨てても間に合わず、髭黒は衣服を着替え、その日の外出は取りやめになってしまう。

「例によって御物の怪が、北の方を人に嫌わせようとしているのだ」と、女房たちは北の方をいたわしく思う。一方の鬚黒は、"心違ひ"（心の病）のせいだとは思うものの、すっかり嫌気が差してしまう。しかし、「今、事を荒立てては」と我慢して、物の怪を払うため、僧を呼んで加持祈禱をする。物の怪に憑かれてわめき叫ぶ北の方の姿に、

「夫が嫌になるのも〝ことわり〟（道理）」

と紫式部は評するのだった。


桐壺更衣の死を悼む夫への嫌がらせに音楽を奏でさせる弘徽殿、無意識のうちに生霊になって葵の上を死に追いやった六条御息所、またこれはのちの話ではあるが、女のもとに通う夕霧（源氏と葵の上の子）に「おとなしく死んでしまいなさい」と叫ぶ妻の雲居雁……『源氏物語』にはさまざまな嫉妬の形があるが、この北の方の嫉妬ほど派手なものはない。それもふだんの本人は弘徽殿や六条御息所のような強さはみじんもない、「とてもおとなしくて性格がよく、子どものようにおっとりしている」という地味な人であるだけに、よけいに恐ろしい。こういう性格の人だからこそ気持ちを極限まで抑えて、爆発させてしまうのだ。

これをきっかけに鬚黒と北の方の不和は決定的となり、北の方とその娘（真木柱）は親王に引き取られ、息子二人はその後、鬚黒が「恋しい娘の代わりに」と取り戻している。

当時の貴族社会では、結婚しても娘は家を離れぬことが多い上、大貴族は娘を入内させることで繁栄していたこともあって、息子より娘を大事にするのである。

のちに鬚黒はこの娘を取り戻そうとするが、親王家では頑として渡すことはないのだった（「若菜下」巻）。

相手が「下位者」の時だけ、嫉妬をあらわにする紫の上

鬚黒の北の方のこのエピソードは、優れた継子とダメな実子という「継子いじめの物語」の文脈としても読める。

母の代では負けていた紫の上はもともとの身分的には親王の正妻腹の異母姉（鬚黒の北の方）には劣っていたものの、十四歳で八歳年上の源氏と結婚以来、ナンバーワンの妻として君臨することでその社会的地位は異母姉を凌駕した。さらに「嫉妬の形」という点でも、異母姉に勝利しているのだ。

だが……。

源氏の愛を萎えさせるどころか、いっそう愛しく思わせる結果となった紫の上の嫉妬は、相手が明石の君という格段に低い身分の女だからこそ成り立っていたことを忘れてはならない。

実は、紫の上には、この明石の君の一件以降にも、夫の女関係で危機があった。藤壺中宮の崩御した年に、源氏は高貴な女を求め、いとこの朝顔の姫君に接近したのである。源氏は紫の上を「嫉妬の癖だけが玉に瑕《きず》」と見ていたが、実はこの時、紫の上は嫉妬を少しもあらわにしていない。そんな彼女の心理を物語は、

「〃よろしき事〃（さほど深刻でない場合）なら恨み言などを憎らしくない程度に申されるものの、真実つらいと思うので顔色にも出さない」（「朝顔」巻）

と解説する。

〃よろしき事〃というのは自分の地位を脅かさぬ程度の相手のケースということで、具体的には明石の君と源氏の一件を指す。

明石の君は源氏の姫君まで生んだ女だが、階級的には紫の上の敵ではない。ところが朝顔の姫君は親王の娘である上、賀茂の斎院をつとめた人として世間で重んじられていた。同じ親王の娘でも、孤児同然の紫の上とは社会的地位が違う。

「朝顔の姫君は、私と〃同じ筋〃（同じ血筋）だけれど、世間の評価も格別で、昔から〃やむごとなく〃（大切な方として）思われておいでの方だから、夫の気持ちが移りでもすれば、私はさぞ惨めなことになろう。今まではいろいろあってもさすがに私と肩を並べる人もなかったのに、〃人に押し消たれむこと〃（人に押し消されてしまうなんて）」（「朝顔」巻）

と彼女は思う。紫の上は、自分の「階級」を非常に意識している。自分の「妻としての地位」が落ちるのを人一倍恐れているのだ。

それが当時の貴族の思考回路であり、おっとりしているという設定の彼女をここまで追いつめたのは、一つには朝顔の姫君が、彼女と同じ血筋に属することも手伝っていよう。

近い関係ほど、人の嫉妬心はあおられる。

けれど、事態が深刻であればあるほど、それをあらわにしても良い結果は望めない。むしろ世間に笑われ、夫の心を冷めさせるだけと、賢い紫の上は知っている。

そして夫の心が冷めた時、自分には頼る実家も、強い後ろ盾もないことをも。

「もし夫の気持ちが移っても手の平を返したような扱いはされないまでも、ほんとに頼りない状態のまま夫婦になったのだから、そんな長年の気安さで〝あなづらはしき方〟(侮った扱い)にはなるだろう」(「朝顔」巻)

そう紫の上は想像している。

彼女が深刻なケースほど嫉妬をあらわにしないのは、聡明さもさることながら、嫉妬を爆発させて夫婦仲が冷えた時、異母姉と違って、頼みの後ろ盾(実家)がないからだ。

本当に嫉妬したい時、嫉妬を表現することさえ、紫の上はゆるされない立場であることを読者は覚えておいてほしい。

「私は女三の宮に劣る身ではない」という心の叫び

紫の上にとっては幸いなことに、朝顔の姫君は源氏になびかず、源氏もまた紫の上に亡き藤壺の面影を再確認し、事無きを得る。

けれど、源氏の心の核にはどこまでも藤壺がいた。

この時源氏三十二歳。紫の上は二十四の若さであったが、八年後、この時の源氏と同じ年になった紫の上は、かつてない深刻な事態に身を置くことになる。

体調不良を感じた四十三歳の朱雀院の頼みで、四十になる異母弟の源氏が、まだ十四、五歳の女三の宮の親代わりという名目で結婚することになったのである。

ここから「若菜」と呼ばれ、上下に分かれる長大な巻が始まる。

婿候補としては、源氏の息子である十九の夕霧がいたが、はかばかしい答をせぬまま沙汰止みになり、二十二になる不義の子・冷泉帝も女三の宮の入内を望んでいたものの、源氏の意向を知って思いとどまる。年も似合いの彼らが断念したにもかかわらず、親子ほど年の離れた源氏は、宮との結婚を引き受けてしまうのだ。

宮の亡き母・女御の呼び名は〝藤壺〟だ。

女御は源氏の最愛の継母・藤壺中宮の異母妹で、宮は、紫の上と同じく藤壺中宮の姪であった。

藤壺の血筋に連なる宮を、

〝ゆかし〟(知りたい)(「若菜上」巻)

と源氏は思った。

そんな源氏の思惑など知らぬ紫の上は、夫と女三の宮との縁談の噂を聞いても、

「〝前斎院《さきのさいゐん》〟(朝顔の姫君)の時も熱心に言い寄っていたみたいだけど、大丈夫だったじゃない

の」

と高をくくっていた。

ところが今度は違ったのである。

予想に反する事実を切り出された紫の上はしかし、実に冷静な態度で、

「あちら様に、目障りにまだ居座っているなどと思われなければいいけれど。宮のお母様の女御のご縁からも親しく〝数《かず》まへてむや〟（人並みの数に入れておつき合いくださいませんでしょうか）」

と〝卑下〟する。

ここに、明石の君が多用していた〝数〟という語が出てくることに注目してほしい。

〝数〟というのは『源氏物語』では、受領階級の女が、大貴族と自分を比較して、相対的に人の〝数〟にも入らぬ自分という文脈で使われることが多い。

「源氏は受領の娘など人の〝数〟にも思うまい」と考えた明石の君しかり、寝所にいきなり押し入った源氏を「〝数ならぬ身〟とはいえ、ここまで見下すとは」となじった空蟬しかり、源氏に忘れられていた末摘花に「〝数ならぬ身〟は、かえって気楽なものでございました」と嫌味を言ったオバしかり。

この〝数〟ということばを、親王の娘の紫の上がへり下って使っている。

同時に、女三の宮の母・女御のことを持ち出して、自分が彼女と「同じ血筋」であることをも主張する。

朝顔の姫君の一件で、あれほど妻としての地位が低下するのを恐れた紫の上であれば、「宮と比べれば数ならぬ身とはいえ、宮と私はいとこ同士。身分に大差はないのだ」と言いたかったのであろう。

のちに紫の上は、女三の宮と対面した時も、先祖を辿って二人の血筋を説明し、宮の乳母にも、「辿れば先祖も同じですし、畏れ多いことながらお身内と存じます」(〝おなじかざしを尋ねきこゆれば、かたじけなけれど、分かぬさまに聞こえさすれど〟)(「若菜上」巻)と話している。

謙遜しているようだが、裏を返せば、「私は宮と変わらない、目下扱いされるのは心外だ」という思いがあったに違いない。

紫の上と女三の宮はいとこ同士という近いあいだ柄である。しかし女三の宮が朱雀院の愛娘であるのに対し、紫の上は親王の外腹の娘という劣った地位にある。

ということは、「嫉妬」が最も発動しやすい関係にある。

〝同じほど、それより下臈の更衣たちは、ましてやすからず〟(同じ身分程度の更衣、それより下の身分の更衣たちはまして穏やかな気持ちではない)

と『源氏物語』の冒頭にあった、「僅差の中で、少し下の地位にある人」に、紫の上の立場は相当する。

のちに触れるように、周囲の人たちや世間の人も、源氏と宮との結婚で、最も打撃を受けるのは紫の上であると考えていた。

が、紫の上の心に真っ先に浮かんだのは、「嫉妬」より、継母・大北の方の思惑であった。

「いつも私が不幸になるよう呪っている継母がこんなことを聞けば、どんなにそれ見たことかと思うだろう」

そう考えた紫の上は、

「愚かしくふさぎ込んだ様子を世間の人に見せるのはよそう」

と決意する。しながらも、

「今はいくら何でも大丈夫と〝わが身を思ひあがり〟(自分の立場を高く見積もって)夫を信じ切って過ごしてきたことが〝人わらへ〟(物笑い)になるのでは」

と不安になり、それでもひたすら穏やかに振る舞った。

異母姉と対比される嫉妬

かくして女三の宮は、入内と同様の最高の格式で源氏のもとに輿入れし、新婚三日目の夜を迎える。

女三の宮は夫の屋敷に住んでいるとはいえ、通い婚が基本の当時、男が女の部屋を訪れる形式に変わりなく、三日目は正式な結婚が成立する大事な夜だ。

紫の上は、夫の着物にひとしお念入りに香をたきしめさせながら、物思いに沈まずにいられな

い。すでに女三の宮の子どもっぽい心身に幻滅した源氏は、そんな紫の上を愛しく思い、

「今夜ばかりは道理と許してくださいますね。今後、夜離れがもしあれば、我が身ながらも愛想が尽きるというものです。しかしそうなると、（宮の父の）院がどのようにお聞きになるか」

と、涙ぐんで訴える。対する紫の上は少しほほ笑んで、

「ご自分のお気持ちですら決めかねておいでのようなのに、まして道理も何も」

と、暖簾に腕押しの風情である。

朝顔の姫君の時より事は深刻であるのに、紫の上はほほ笑んでさえいるのだ。

夫を送り出した紫の上は、嘆く女房たちをたしなめながらも、すぐに寝入ることはできない。にもかかわらず、

「近くに控える女房たちが変に思うのでは」

と気になって、少しの身じろぎすらしない。

その姿はさすがに〝いと苦しげ〟（とてもつらそうである）と、物語は言う……。

この、紫の上の嫉妬の形は、明らかに異母姉の嫉妬と対照的に描かれている。

異母姉の鬚黒の北の方が、新妻のもとに出かける鬚黒の着物に香をたきしめさせながら、香炉の灰を浴びせた夜と、紫の上が源氏を送り出す夜は、シチュエーションがそっくり同じなのである。

まず雪の降る（もしくは残る）寒い日であるのが同じ。

夫の着物に香をたきしめさせるのも同じ。

夫の向かう先が、自分よりずっと若い新妻であるのも同じ。

仕える女房たちが嘆くのに対し、本人は平静を装うのも同じ。

舞台装置も状況もすべて同じなのだ。

紫式部は読者に、鬚黒の北の方が、夫を新妻のもとに送り出した夜を思い出させようとしている。北の方と紫の上を比べてみよ、と仕掛けている。

同じシチュエーションに置かれた紫の上はどうしたか。

異母姉である北の方が嫉妬を爆発させたのに対し、紫の上はこらえ続けた。

結果、異母姉は夫と離別したが、紫の上は夫の愛を失わずに済む。のちには女三の宮と対面し、幼い宮のレベルに合わせ、親しく会話をするまでになる。

ここでも継子の紫の上は、実の娘に「勝った」のである。

だが……紫の上のストレスは深く身を蝕みやがては胸の病となって、出家を願い出ても、夫に聞き入れてもらえない。実家と不仲で帰れない、頼れる親きょうだいもない紫の上は、心のままに出家もできない。

こうなると、嫉妬を爆発させ、夫に疎まれ、実家に戻って事実上の離婚となった、異母姉の北の方のほうが幸せなのではないか……そんな思いが胸をよぎる。

紫の上の不幸を喜ぶ〝御方々〟

恐ろしいのは、こうした事態に陥った紫の上に対する周囲の人々の反応だ。

女三の宮と源氏の新婚三日目、独り寝を強いられる紫の上のもとに、〝他御方々《こと》〟（源氏のほかの妻たち）からこんな見舞いが届いたと、物語は言う。

「どんなお気持ちでしょう。初めから諦めている私どもは、かえって気楽ですけれど」（〝いかに思すらむ。もとより思ひ離れたる人々は、なかなか心やすきを〟）

〝他御方々より〟というからには、複数の妻である。

当時、源氏の妻には、女三の宮と紫の上のほか、明石の君と花散里と末摘花がいた。末摘花は「病床について久しい」と源氏が言っているから省いて良かろう。

日本古典文学全集の『源氏物語』の注には「明石の君や花散里など」とあって、この二人が手紙の送り主としては妥当であろうと私も思う。

が、この二人は共に聡明な良き妻として『源氏物語』で描かれてきた人々ではないか。

〝数ならぬ身〟を嘆き続けてはきたが、身分に見合わぬ気品と教養と聡明さを持つ明石の君、容姿は優れぬものの、染色の腕は紫の上に劣らず、賢く率直な花散里。

そんな妻たちであるだけに、紫の上の不幸に「どんな気持ち？」と尋ねてくることがなおさら恐ろしい。

ここには、紫の上の不幸を喜ぶ、あの継母に通底する思い……「ざまぁ見ろ」という気持ちが透けて見える。

今まで紫の上の〝御けはひ〟（ご威勢）に〝方避《さ》り憚るさま〟（一歩退いて遠慮している様子）だったという源氏の妻たちの本音が、女三の宮の出現によって、一気にほとばしり出る。物言わぬ心の底で、他の妻たちが実は紫の上に嫉妬の念を抱いていたことが明るみにさらされる。

紫の上の不幸を喜ぶのは、継母だけではなかったのである。

女三の宮に集まる同情

紫の上の地位は、女三の宮の登場で落ちたとはいえ、宮が心身共に幼いという設定だったため、源氏の愛情という点では依然、最上位にあった。

そんな紫の上に対する周囲の反応を、作者は同情と共感ではなく、反発と敵意のにじむものとして描く。

女三の宮と源氏の新婚三日目には他の妻たちから「どんなお気持ちでしょう」といった皮肉な見舞いがきたことはすでに触れたが、源氏の心が紫の上から離れないと分かると、明石の君は、

「〝宮の御方〟（女三の宮）がうわべだけ大事にされて、殿のお越しが十分とはいかないようなのは畏れ多いこと」

と女三の宮のほうに同情し、

「お二人は同じお血筋とはいえ、宮のほうが、〝いま一際〟身分が高いだけに、おいたわしい」

と〝しりうごち〟（陰口を言う）という有様だ（「若菜上」巻）。

明石の姫君の入内後は紫の上と対面し、円満にやっていたように見える明石の君が、宮に味方している。

明石の君はしかし、紫の上とは大きな身分差があるからまだましだ。

紫の上と同じく子はないものの、女御の姉を持つ花散里は、夕霧や玉鬘といった源氏の実子や養女の世話を任されていた。そんな彼女は、

「源氏が紫の上と女三の宮のもとに通う頻度が、しだいに等しくなってゆく」（〝渡りたまふこと、やうやう等しきやうになりゆく〟）（「若菜下」巻）

という事態になると、急に紫の上と同等の要求を始める。

明石の姫君（女御）腹の女一の宮の世話で、源氏の夜離れの寂しさを慰める紫の上を〝うらやみて〟、〝切《せち》に〟（無理に）せがんで夕霧の外腹の子を引き取るのである。

女三の宮へ通う頻度が増えたのは、源氏にしてみれば、宮の父・朱雀院や宮の兄弟・今上帝の思惑に配慮したからなのだが、はた目には紫の上の地位の低下と映る。花散里は、こうした紫の上の弱り目をつく形で、ここぞとばかり要求をする。そういうことを、紫式部はさりげなく、しかしこれでもかとばかり丁寧に綴る。

妻として長らく紫の上の下位に甘んじていた明石の君や花散里は、無意識のうちに、女三の宮というもっと高貴な「強いカード」で仕返しをしている。

それは彼女たちの心のどこかに、紫の上に対し、孤児同然の身の上のくせに……という思いが

あったからではないか。とくに花散里は、自分と同等の身の程のくせに……と思っていたとしても不思議はない。

そこへ女三の宮が降嫁したものだから、やっと紫の上も自分たちと同じ「その他の妻」になったと思って〝いかに思すらむ〟と伺いを立てる。彼女たちは、寄る辺ない身の程から「一抜けた」して幸運をつかんだ紫の上が、嫉妬し、打ちのめされるのを心の奥で期待していた。ところが紫の上が嫉妬のそぶりも見せず、変わらず源氏に愛されているのを見ると、「がっかり感」を覚えたのであろう。それで今度は女三の宮に同情したり、身分の高い花散里に至っては紫の上と同等の要求をする……。

身分の高い女こそが愛されるべきだという発想

こうした状況に、紫の上の心が傷つかぬわけはない。

しかも朱雀院や今上帝に重んじられる女三の宮は二品《にほん》（品位《ほんい》は親王・内親王の位階）への昇進に伴って支給される収入も増え、明石の君は女御の実母として後見役をつとめ、一族も繁栄している。そうした様を見るにつけ、

「皆、年月につれ世間の声望が高まっていくのに、私はただ〝一ところ〟（夫・源氏）の待遇は人に劣らないけれど、それも年が重なれば、しまいには衰えていくだろう」

と感じ、

〝さらむ世を見はてぬさきに心と背きにしがな〟（「若菜下」巻）

と思う。

そんな目にあわないうちに、自分から世を捨てたい、出家したい、離婚したい、というのである。

けれど、〝さかしきやうにや〟（小賢しく思われるのでは）という遠慮が働き、はっきり主張することができない（のちに彼女は何度か出家を願い出るものの、源氏がゆるすことはない）。

世間の評価も格別な朝顔の姫君の登場によって、我が身の寄る辺なさを自覚した紫の上は、さらに高貴な女三の宮の登場によって、源氏一人に頼ってきた身の危うさを改めて痛感する。頼れる実家も実の子もない、自分の人生は夫次第……紫の上の苦悩は「自分には何もない」と苦悩する専業主婦さながらだ。

紫の上は源氏と女三の宮の結婚により、正妻格からその他の妻へと地位が下落した「被害者」となった。

にもかかわらず物語では、周囲や世間の同情は、紫の上ではなく、女三の宮に集まるという設定になっている。

紫の上の美貌を垣間見た夕霧だけは別だったが、その親友で、太政大臣（昔の頭中将）の長男である柏木は女三の宮同情派の急先鋒だった。

「源氏の君は〝対《たい》〟（紫の上のもと）にばかりいるそうだが、宮がおいたわしいじゃないか。父院に最高に可愛がられていらしたのに」（「若菜上」巻）

などと夕霧に訴え、女三の宮を〝いとほし〟がった（彼はのちに宮への思いがつのり、過ちを犯してしまうわけだが）。

〝対〟とは紫の上のいる東の対屋《たいのや》を指す。ちなみに女三の宮は正妻なので寝殿にいる。当時は住まいが呼び名となり、しばしばその人の地位をも指した。

世間から見ると、源氏が女三の宮より紫の上を愛しているというのは、

「身分の劣った女が、身分の高い女をさしおいて、男の寵愛を一身に受けている」

ということなのだ。

つまり、『源氏物語』冒頭で展開していた、桐壺更衣があまたの女御更衣をさしおいて寵愛されていたというのと同じ構図である。

だからこそ、古妻として同情されるべき立場の紫の上よりも、新妻の女三の宮のほうが同情されることになる。

人は、「分不相応」に見える幸運を享受している人が妬ましく、ゆるせないものなのである。

優れた人は早死にしてほしい

紫の上が、世間に同情されなかったのは女三の宮より身分が下であるからというだけではない。彼女があまりに非の打ち所のない女であったから……ということが、『源氏物語』を読み進めるにつれ分かってくる。

源氏が、女三の宮との対面を望む朱雀院のため、妻を総動員した音楽会の予行演習を催した直後、紫の上はたまりにたまったストレスゆえか、発病してしまう。ついには「死去」の噂が立って、弔問客まで来る騒ぎに及ぶのだが、その時、こんなことを小声で話す上達部がいた、と物語は言う。

「こう何もかも備わった人は、必ず長生きできないんだよ」(〝かく足らひぬる人は必ずえ長からぬことなり〟)

「こういう方が長生きまでして世の楽しみを尽くしたら、周囲の人はつらいだろう。今こそ〝二品の宮〟(女三の宮)は〝もとの御おぼえ〟(本来のご寵愛)を受けることだろう。お気の毒なくらい対の上に圧倒されていらしたから」(〝かかる人のいとど世にながらへて、世の楽しびを尽くさば、かたはらの人苦しからむ。今こそ、二品の宮は、もとの御おぼえあらはれたまはめ。いとほしげにおされたりつる御おぼえを〟)(「若菜下」巻)

これは驚くべきことばである。

ここには、本来第一に愛されるべきは高貴な女三の宮である、という考え方がある。そして、女三の宮が受けるべき寵愛を、紫の上は、美貌も才能も性格も何もかも備わっているからといって、かすめ取っている、という非難がましい視線がある。

そんな人がいたら周囲の人は〝苦し〟かろう、紫の上が死んでやっと女三の宮は当然受けるはずだった愛を受け取ることができる……というわけで、要するに、

「高貴な人が最も愛されるべきだ」

というのである。

実は、女三の宮の降嫁先として源氏が浮上した時、宮の乳母は、源氏の屋敷に親しく仕えている兄の左中弁にこんなふうに相談していた。

「畏れ多いお血筋といっても、女はほんとにどんな運命が待ち受けているか分からないから何かと心配が多くて。こうして大勢の皇女たちの中でも院の上（朱雀院）がとりわけ可愛がっていらっしゃるにつけても、〝人のそねみ〟もあるでしょうし、何とかして少しの瑕もおつけしたくないの」と。

女三の宮の乳母は、女三の宮が院に可愛がられているにつけても、人の妬みを恐れていたのである。

そんな妹の不安に、左中弁はこんなふうに答えている。

源氏には大勢の妻がいるが、〝やむごとなく思したる〟（れっきとした妻として大事に思っていらっしゃる妻）は紫の上一人だから、

「生きているかいもなさそうな暮らしをなさる方も多いようだ」（「若菜上」巻）

と。

今まで読者はいかに紫の上が素晴らしいか、孤児同然の身から源氏の愛妻となったことの〝幸ひ〟（幸運）を世間も賞賛している……そんなプラスの面ばかり見せられてきた。

ところが紫の上がいるせいで、大勢の妻たちが空しい暮らしをしていたという。

物語は「加害者」としての紫の上の側面を、ここにきて浮き彫りにする。

実は妻の身分に不満があった源氏

それでも女三の宮が降嫁すれば、〝いみじき人〟(どんなに凄い人)であっても、宮と並んでは無遠慮に振る舞うことはできないはず……としつつ、左中弁はさらにこんなことを言っていた。

「実は源氏の君は、この世の栄華は末の世には分に過ぎるほどで我が身に不足はないけれど、〝女の筋〟では人の非難をこうむり、自分の気持ちとしても飽き足りないことがある、と常に内輪の冗談事にもおっしゃっているらしい。確かに我々が見てもその通りなんだ。源氏の君に守られている奥様方は皆、不相応に〝立ち下れる際《きは》〟(低い身分)ではないけれど、しょせんはたかの知れた臣下の方々で、准太上天皇となった源氏の君に〝並ぶべきおぼえ〟(並ぶことができるだけの声望)を備えている方はいない。そこに同じことなら、院のご意向通り、宮が降嫁なされば、どんなに釣り合いの取れたご夫婦になるだろう」

なんと、源氏は〝女の筋〟では物足りないものがある、と、男同士の内輪の席で漏らしていたというのだ。

今まで「落ちぶれ女」の逆転劇を、胸のすく思いで読んできた読者にとっては、驚天動地の発言である。

源氏の妻には、孤児同然だった紫の上はじめ、貧乏な孤児の末摘花、心細い有様を源氏のお情けで助けられていた花散里（「須磨」巻）といった、源氏に庇護されているような人々のほか、莫大な資産はあっても受領階級という低い身分の明石の君など、「落ちぶれ女」や低い身分の女が揃っていた。そういう女に幸《さち》をもたらしたいという紫式部の意図が働いてのことであろうとはいえ、リアリティという点では少し劣るところがあった。

それが源氏に親しく仕える男の口から、今まで読者には決して明かされることのなかった源氏の本音、自分と釣り合う高貴な妻がほしいという心の内が暴露されたのである。

女三の宮は、源氏の望む「釣り合う身分の妻」として降嫁したのだった。

紫の上がどんなに優れた人であっても、世間から見ると、源氏に釣り合うとは言えなかったのだ。

ここにきて作者は、読者の夢や希望や期待感を崩しにかかってくる。

紫の上は振り出しに戻った。

父のいる〝やむごとな〟い正妻の家では、「我が家の関知しないところで生まれ育った人」と見下されていた寄る辺ない継子……女三の宮の「階級」の前に、世間はそんな紫の上の本来の階級を思い出したことを、読者の眼前につきつけてくる。

それにつけても恐ろしいのは、優等生の紫の上が不運に見舞われ苦しむ「若菜」上下巻以降、物語はがぜん面白くなることである。

「一抜けた」した幸運児を追いつめる世間

ついでに言うと、女三の宮降嫁後の、紫の上に対する周囲の風当たりの強さを思う時、私の心に浮かんだのは、人気ブロガーのショコラさんのことであった。

ショコラさんは六十代。「小さくも豊かな暮らし術」（『60代ひとり暮らし 軽やかな毎日』）を謳い文句に、こじんまりとしたワンルームでの、つつましくも趣味の良い暮らしをブログに綴っていた。それが出版社の目にとまり、一冊目の『58歳から 日々を大切に小さく暮らす』は、ブログによれば、発売早々重版が決まり、一ケ月後には五刷、二ケ月後のブログに紹介された新聞広告では「10万部突破!!」の文字が躍る。

ところが……彼女の新刊のアマゾン・レビューを見て背筋が凍った。月12万の年金というが印税があるだろう、こんな生活は都会でしかできない等々の批判が★一つと共に綴られていた。自分のつらい現実を延々と綴り続けるレビュー、ショコラさんの近所の店と思しき具体的な名前が出てくるレビューもあったが、それはさすがに削除された。

レビュアーはあまりにもショコラさんと自分を同一視している。

ブログ読者はショコラさんを自分と同等だと思っていたら、本が売れて「一抜けた」した。レビューで★一つをつけて罵倒する人は、それがゆるせないのである。

だから、『源氏物語』の桐壺更衣を攻撃した人々さながら、〝おとしめ〟、わずかな〝疵を求める。

普通に見えてショコラさんは凄い人なのに、自分と同等と思うから、嫉妬が激しくなるのだ。

紫の上もまた〝いみじき人〟とはいっても、同じように落ちぶれていたところを源氏に救われた他の妻たちにとっては、「同類」という思いがあったのではないか。そこへ女三の宮という高貴な人が現れたので、カタキを取ってもらうような気でいたら、源氏はやはり紫の上を一番に愛している。紫の上にすれば、それでも屈辱的なのだが、周囲の見方は違う。

紫の上は、「階級の秩序を乱す存在」なのである。

「一抜けた」した幸運児というのは、常に落ちることを周囲に期待され、わずかな疵を求めて非難される存在なのだ。

女三の宮の登場で、紫の上もさぞや嫉妬するだろう、と人々は待っていた。

が、そんな人々の期待は裏切られた。

もしも紫の上が嫉妬をあらわにしていれば、世間からもっと同情されていたはずだし、命を縮めることもなかったかもしれない。

第七章　「ふくらんでいく世界」から「しぼんでいく世界」へ

嫉妬することもゆるされぬ女の存在

『源氏物語』を読み進めていくと、紫の上のように「嫉妬が許容される立場の女」と、明石の君や花散里のように、嫉妬できるほどの身の程でない、「嫉妬が許容されない立場の女」という二種の女がいることに気づく。

そして物語が後半に差しかかるにつれて、後者の女たちにスポットが当たるようになる。

源氏と女三の宮の新婚三日目の夜、紫の上に「どんなお気持ちでしょう」（〝いかに思すらむ〟）と探りを入れてきた妻たちがそれだが、彼女たちは源氏に妻として認められている。

そうではなくて、自分のセックス相手が他の女を可愛がろうが新妻を持とうが、はなから「嫉妬などするはずがない」と決めてかかられている、妻でも恋人でもない存在、嫉妬の権利もないような女が平安時代には実在する。

『源氏物語』が画期的なのは、そうした人々の存在と心情に初めて光を当てたところなのである。

召人に初めてスポットを当てた『源氏物語』

はなから嫉妬を許容されていなかった、妻でも恋人でもない存在。

彼女たちは、平安中期、〝召人《めしうど》〟と呼ばれていた。

女房として召し使われつつ、主人筋の男の性の相手もする人の意で、一般女房よりは優遇されることが多いものの、立場はあくまで使用人だ。

この召人の存在や気持ちが詳述されるのが『源氏物語』の大きな特徴で、それ以前にも『うつほ物語』など召人に触れた文学はあるが、『源氏物語』のように中納言の君、中将の君といった、固有名詞（通り名）をもった召人が活躍する平安文学をほかに知らない（召人については拙著『全訳　源氏物語』六「おわりに」にも書いたので参照してほしい）。

そんな『源氏物語』を見る限り、女房が召人になる過程には二通りある。

男が自分に仕える女房に手をつけるケースと、女（妻）に仕える女房に手をつけるケースである。

後者のケースでは、男が目当ての女を口説く目的で、女に仕える女房を落として召人にしてから、その召人を女への手引き役に使うというパターンが多い。将を射んと欲すれば先ず馬……の理屈で、女主人に接近するための道具に使われる召人にしてみれば、複雑な心理であろうと思うのだが、物語の初めのほうでは、召人個人の心情にはほとんど触れられず、常に女主人に寄り添って、その気持ちを代弁する役割を担っている。

葵の上に仕えていた〝中納言の君〟は、源氏が人目を忍んで寵愛していた召人だが、葵の上亡きあと、源氏がかえって色めいたことを仕掛けてこないので、〝あはれなる御心かな〟と、葵の上を思う源氏の気持ちに感動している（「葵」巻）。自分への男のつれなさを嘆くのでなく、亡き女主人への男の愛情を評価しているのだ。つまり自分の気持ちよりも女主人の立場や気持ちを優先している。女主人の右腕となるあまり、心まで同化しているのである。

召人に優しい源氏、冷たい鬚黒

『源氏物語』の主人公の源氏は、こうした召人たちに対して実に思いやり深い男として描かれている。政界で干され、須磨へ旅立つ時は、もともと源氏に仕えていて召人になった〝中務《なかつかさ》〟〝中将〟といった女房たちを皆、紫の上に託して生活を保障する（「須磨」巻）。帰京後はそうした召人たちにも、その〝ほどほど〟（めいめいの身分）に応じて愛情を示すあまり、よその女とお忍びで逢う暇もなかった、と、ことさら記されている（「澪標」巻）。

よそに住む妻や高貴な恋人よりも、召人が優先されているのだ。その後、六条御息所が死ぬと、源氏はその娘の斎宮女御（秋好中宮）を養女にし、御息所の所有していた敷地を拡張して、六条院を造営。妻や養女を住まわせることになる。

紫の上に死に別れた晩年は、そうした妻たちとの夫婦生活は絶えても、紫の上が可愛がっていた〝中将の君〟という女房とだけは寝ていたという設定だ。

現実でも、道長の父・兼家のように、妻の時姫死後は北の方を持たず、〝召人〟である典侍《ないしのすけ》が年月と共に〝権《ごん》の北の方〟、つまりは北の方並みとなったので、世間の人は典侍に名簿を送って任官を期待したというような例もあった（『栄花物語』巻第三）。

源氏のように召人を厚遇することはあり得ぬことではなかったのである。

一方で、源氏は異母弟の螢宮を、

「宮は独身のようだが、凄く浮気な性格で、お通いになる女がたくさんいるという噂だし、〝召人〟とか、〝憎げなる名のりする人ども〟（感じの悪いことを自分で名乗っている女房たち）も大勢いるらしい」（「胡蝶」巻）

とディスっている。この時、宮は玉鬘に求婚していた。自身も玉鬘に惹かれる源氏は、玉鬘が宮に好意を抱くのが嫌なのだ。要は、嫉妬である。

『源氏物語』の嫉妬は、見てきたように女メインで展開されるが、こうした男の嫉妬や、それに基づく足の引っ張り合いも、ちょくちょく描かれている。

代表的なのが源氏と内大臣（昔の頭中将）のそれで、ミカドの秘蔵っ子ゆえ、高貴な親王にすら敬遠されていた若かりし日の源氏に対し、頭中将だけが、〝さらにおし消たれきこえじ〟（絶対にひけを取るまい）と、ちょっとしたことにつけても〝思ひいどみ〟（意地を張り合う）という設定だ（「紅葉賀」巻）。それゆえ、醜貌の末摘花を深窓の美姫と思い込んで競ったり、老女房の源典侍と源氏が関係すると、頭中将も負けじと関係し、やがてドタバタ劇が展開されるという具合に、箸休め的なエピソードを盛り込みながら、彼らの政治闘争と繁栄は、物語前半を貫く骨子となっていた。

貴婦人がめったに人前に顔を見せなかった当時のこと。『源氏物語』でも、女君同士は互いの顔を見ないのが普通なので、嫉妬といっても召し使う女房を使ったり、生き霊になって相手の女のもとに出向いたり、手紙で嫌味を伝えたり、目の前の男（夫）にぶつけたりといった、間接的なことになりやすい。

これが男同士になると、互いに交流があるので、源氏と頭中将のように女を巡る〝いどみ〟合いも起きるわけである。

追々触れるように、こうした挑み合いを含む男同士の関係は、世代が下るにつれ、より後ろ向きなものとなっていくのだが……。

話を召人に戻すと、妻や恋人以下とはいえ、場合によって、相手の男によっては、おいしい目を見られる召人になりたがる女もいたのだろう。

『源氏物語』の召人に対する目線が複雑なのは、紫式部自身、道長の召人だったため、その内実を知っているからかもしれない。

そんな紫式部が、召人にとって理想の男として描いた源氏とは対照的に、紫の上の異母姉の夫・髭黒大将は、召人に冷たい男として描かれている。

髭黒が玉鬘と結婚後は、北の方はもちろん、〝木工《もく》の君〟〝中将のおもと〟という二人の召人も、

〝ほどにつけつつ、安からずつらし〟(その身分に応じて、穏やかならずつらい)と感じていた、と物語はいう(「真木柱」巻)。

こうした召人に対し、思いの冷めた男というのが、いかに残酷であるかも紫式部は書き逃さない。

北の方が嫉妬のあまり、鬚黒に香炉の灰を浴びせた翌日、召人の木工の君が、

〝独りゐてこがるる胸の苦しきに思ひあまれる炎とぞ見し〟(お召し物が焼けたのは、北の方が一人焦がれる胸の苦しさに、思いの火が燃え、炎になった。そんなふうに私には見えます)

と、北の方の思いに寄り添う歌を詠む。すると、鬚黒は、

「何を考えてこんな女と寝ちまったのか」(〝いかなる心にてかやうの人にものを言ひけん〟)

としか感じない。鬚黒の冷たさを、〝情《なさけ》なきことよ〟(薄情なことだ)と、作者は強調する。

かくて北の方は実家に戻り、それによって召人たちも離れ離れになる。木工の君は鬚黒に仕える女房なので屋敷に留まり、中将のおもとは北の方に仕える女房なので、北の方について行く。召人には男側に仕える女房と、女側に仕える女房の二種がいると知れるのも、『源氏物語』のこうしたこまやかな記述のおかげなのだ。

物語に突如現れる忘れられた敗北者

さて、ここからが本題である。

『源氏物語』の構造をおさらいすると、そもそも物語は大きく三部に分かれている。源氏が婚姻関係を広げ、一族が繁栄するまでを描く「桐壺」巻から「藤裏葉」巻。栄華に到達後の人間関係の破綻と苦悩が描かれる「若菜上」巻から「幻」巻（そのあとに源氏の死を暗示する巻名だけの「雲隠」巻が置かれる）。これら二部は「正編」と呼ばれる。そして源氏亡きあとの子孫の物語が綴られる「匂宮」巻から「夢浮橋」巻。このうち「橋姫」巻から「夢浮橋」巻までは宇治を舞台としていることから「宇治十帖」と呼ばれる。

こうした物語群のうち、「正編」では、召人の心身は女主人と一体化して、召人個人の感情や、まして嫉妬する姿は描かれない。召人は嫉妬するような「身の程」ではない、人に仕える女房風情が女主人に嫉妬すべきではないという貴族社会の常識に合わせてのことであろう。けれど源氏が死に、その異母弟の八の宮が登場する「宇治十帖」と呼ばれる巻々に突入すると、話は違ってくる。

物語がかつて決して描かなかった、『源氏物語』でさえ目を背けていた、「嫉妬する召人」が登場するのだ。

この宇治十帖の「橋姫」巻はこんな一文から始まる。

〝そのころ、世に数まへられたまはぬ古宮おはしけり〟

皇族なのに、世間が人の数にも入れていない、惨めな古宮がいた、と。

彼、八の宮の父は亡き桐壺院。母は女御だったので、更衣だった源氏の母よりも高位にある。

そのせいだろう、冷泉院が東宮だったころ、弘徽殿大后が八の宮を祭り上げて東宮にしようと画策したことがあった。東宮（冷泉院）を廃し八の宮を擁立しようとしたのである。そのため、冷泉院が即位して源氏の世になると、八の宮は社交界から遠ざけられ、さらに源氏の子孫の世になると、すっかり世間から見捨てられてしまう。

物語は、源氏の栄華の陰で、このような「忘れられた敗北者」がいたことに光を当てる。

ここに〝数〟という語が出てくるのに注目してほしい。

今まで〝数〟というのは、受領階級の女が、大貴族と比較して相対的に人の数にも入らぬ、という文脈で使われることが多かった。それがここでは、女御腹の皇子という高貴な男に使われており、宇治十帖はこの男の娘たちを中心に紡がれていく。

この源氏の異母弟は父・桐壺院にも母・女御にも早くに死に別れ、しっかりした後見役もいなかったので、学問なども修めていない。俗世を渡るすべも知らぬ〝女のやう〟な宮なので、先祖伝来の宝も母方祖父の財産もすべて失って、大臣の娘であった北の方が次女（中の君）を生んで死んでしまうと、次女の乳母さえ逃げ出す極貧状態の中、二人の娘を育てていた。

再婚を勧める周囲の声も聞き入れず、出家こそしていないものの、聖《ひじり》のような暮らしをしていたため〝俗聖《ぞくひじり》〟とあだ名される彼は、住んでいた屋敷を焼けだされ、宇治に持っていた山荘に移る。

そんな八の宮のもとに、宇治山の阿闍梨《あざり》が出入りするようになる。

この阿闍梨は冷泉院にも親しく仕えていたことから、院の御前で八の宮の話をし、院に伺候していた当時二十歳の薫と五十八歳ほどの八の宮の交流が始まる。

源氏の晩年の子の薫は、自分の出生に疑惑を抱いていて、〝世の中をばいとすさまじう〟（世の中を本当に味気ないものと）考え、結婚にも二の足を踏んでいた。それで、〝俗ながら聖になりたまふ心の掟やいかに〟

俗世にいながら聖になる心構えとはどういうものなのか、好奇心を抱き、父親ほどに年の隔たる八の宮のもとに通うようになるのだ。

「上昇する人々」の世界から「下降する人々」の世界へ

ここで注目したいのは、薫が今までの『源氏物語』の登場人物と違って、色恋に興味がない、少なくとも彼の心の中では興味がない、と思い込んでいることだ。

それで八の宮のもとに三年も通いながら、その姫たちとの交流もない。

これが源氏だったら、真っ先に姫に興味を持つところである。現に源氏の不義の子である冷泉院は、異母兄に当たる八の宮の話を聞くと、まず姫たちに思いを馳せた。のちに八の宮家と交流する源氏の孫の匂宮もすぐさま姫たちに興味を抱いている。

ところが薫だけは、色好みだった父・源氏の逆をいっている。

彼の実父は源氏ではないのだから似ていなくても当然なのだが、冷泉院でも匂宮でもなく、薫のような男が主役を張るところに、『源氏物語』の正編たる源氏の物語とは異質な宇治十帖の特性がある。

源氏の物語が、皇子の中でも更衣腹と呼ばれる低い立場から、苦難を乗り越え立身出世して、ライバルで義兄の内大臣（昔の頭中将）や異母兄の朱雀院とも姻族関係を結びながら、子孫も繁栄するという「上昇し、つながり、ふくらんでいく世界」であったのに対し、宇治十帖は、「下降し、分断し、しぼんでいく世界」なのである。

源氏の物語によって「上昇する人々の世界」を描いた紫式部は、八の宮という忘れられた古宮の縁者を中心に「下降する人々の世界」を描こうと決意しているのだ。

そうした視点で宇治十帖を読み進めると、メインの登場人物が、徹底して結婚から逃れようとしていることに目を見張る思いになるはずだ。

まず薫が、そうであった。

そしてそれには必然性があった。

結婚したがらない男という薫の希有な（少なくとも平安文学では）性質を理解するためには、その実父について説明しなくてはならない。

階級にこだわる男、柏木の挫折

薫の実父・柏木は、生まれや身分が物を言う当時の貴族社会の中でも、人一倍、階級を気にかける男であった。

内大臣の正妻腹の長男として生まれた柏木は、並外れて気位が高く、「皇女でなければ結婚しない」（〝皇女《みこ》たちならずは得じ〟）（「若菜上」巻）と言って適齢期になってもひとりみだった。第一希望は女三の宮との結婚だったが、柏木の位が今一つ低かったため叶わず、宮は源氏に降嫁した。しかし、源氏邸で催された蹴鞠の遊びの際に垣間見た宮を、柏木はますます慕い続け、

〝わが身かばかりにてなどか思ふことかなはざらむ、とのみ心おごり〟（「若菜上」巻）をしていた。

自分はこれほどの家柄で才能もあるのに、なんで願いが叶わないことがあるものか、とばかり思い上がっていたのである。

あげく宮の夫の源氏に対しても〝なまゆがむ心〟（なにやら歪んだ気持ち）を抱くようになっていた（「若菜下」巻）。

憎い、妬ましい、という気持ちが兆していたのだ。

宮への思いをつのらせた柏木は、宮の飼い猫を、宮の身代わりとして手に入れて愛し、三十一、二歳になって、宮の異母姉の女二の宮（落葉の宮）を妻に得るものの、

〝下﨟の更衣腹〟

と見下して、女御腹の女三の宮を恋い続けていた。柏木の恋心の根っこに、女の血筋への憧れが横たわっていることに注目である。彼は、女の高貴さに恋をしていたと言っていい。

そんな柏木は、宮に求婚したころから、小侍従という宮の乳母子《めのとご》と男女の関係になっていた。

つまりは〝召人〟にしていたわけだが、その小侍従に、

「なんとか宮に手引きしてくれ。宮の父院だって、この私が婿になっても悪くはないと仰せの時もあったんだ」

と、しつこく頼む。すると小侍従は、

「あの源氏の君と、あなたが肩を並べられるご声望があるとでも、当時思ってらしたのですか。最近でこそ少し重々しいご身分になって、お召し物の色も濃くおなりですけれど」

と反論する。当時は位によって衣服の色が決められている。柏木が中納言に昇進したため、こんなふうに言っているのだ。女房の立場でここまでずけずけものが言えるのは、体を合わせた召人だからこそ、であろう。

召人の声は、物語が進むにつれてどんどん大きくなっていき、宇治十帖では一人の召人が主役級の存在感を示すに至る。

小侍従は、そんな来たるべき召人の系譜上にあって、恋人でも妻でもない低い立場ながら、女主人という掌中の珠をちらつかせつつ、性関係にある大貴族の弱みをついて、揺さぶりをかける。女主人の未熟さを反映して浅薄という設定の彼女は、そこまで計算したわけではないものの、結果的には、女主人の過ちをもたらすキーパーソンとなる。そのように『源氏物語』は描いているのだ。

「宮のおそば近くに参って、心の内に思うことの片端を少し申し上げられるように取り計らってくれ。〝おほけなき心〟（分不相応の大それた気持ち）などは諦めているからさ」

柏木が言うと、

「それ以上に〝おほけなき心〟がありますか。気味の悪いことを思いつかれますね。来なきゃ良かった」

と、小侍従も負けない。

「宮は父院が、大勢の御子たちの中でもまたとないほど可愛がっていらしたのに、ああも自分より下の身分のご婦人方に交じって、心外なこともおありに違いない」

「宮が人に劣ったお立場にあるからといって、ほかの良い方に乗り替えるわけにはいかないでしょう」

などと言い争いになって小侍従が腹を立てると、柏木は一転、低姿勢になって、

「いや、正直、あんなご立派な源氏の君を見馴れた宮にとって〝数〟にも入らぬみすぼらしい私の姿など、うちとけてお目にかけようなどとは、さらさら思ってもいない。ただ一言、ものを隔てて気持ちを申し上げるくらい、宮の御身にとってどれほどの疵にもならないでしょう」

と食い下がる。すると若く浅はかな小侍従は「そのくらいなら」という気になって、発病した紫の上のもとに源氏がつききりになった隙に、柏木を宮の寝所に手引きしてしまう。

気の毒なのは不意打ちを食らった女三の宮だ。〝何心もなく〟（無心に）寝ていた彼女は、近くに男の気配がするので、源氏が訪れたとばかり思っていた。ところが男はかしこまった態度で、彼女を御帳台《みちょうだい》の下に抱き下ろしたではないか。〝物〟（得体の知れない何か、物の怪）に襲われたのかと、やっとの思いで目を開くと、そこにいたのは別人であった。その恐怖たるや、いかばか

りか。助けを呼んで震える宮に柏木は、

「〝数〟にも入らぬ私ですが、こうまで嫌われる身とは思えません」

と言い、

「〝身の数ならぬ一際《ひときは》に〟（身分が今一つ人の数にも入らぬばっかりに）、人より深い思いが、空しくなってしまった」

と訴える。

階級を極度に気にする柏木は、大貴族の正妻腹の長男という高貴の身に生まれながら、いや、それだからこそ、至高の身分の女を求め、自分を〝数ならぬ〟身と繰り返した。エリートながら第一希望の宮を得られなかったことで、階級へのこだわりがエスカレートする形となったのだ。

だが。誰よりも高貴なはずの目の前の女……女三の宮は意外にも、

〝いとさばかり気高う恥づかしげにはあらで〟（それほど気高くも気が引ける感じでもなくて）

（「若菜下」巻）

親しみやすく可憐で、やわやわとばかり見える。

その姿に柏木は、賢《さか》しく抑える気持ちも失せて、いくところまでいってしまう。

そして、その後も逢いたい気持ちを抑えられない折々は、小侍従の手引きで、嫌がる宮と契りを重ね、宮は妊娠。

柏木は、真相を知った源氏ににらまれ、絶望のあまり衰弱死してしまう。

寸前、彼は自分の心をこう分析していた。

「私は幼いころから理想が高く、何ごとも〝人にいま一際まさらむ〟（人よりもう一段上にいたい、勝ちたい）と、公私共に一通りでなく気位を高くもってきた。けれどその願いはなかなか叶うものではないのだと、一つ、また一つと、事あるごとに〝身を思ひおとして〟（自信がなくなってきて）、〝なべての世の中すさまじう〟（世の中すべてが味気なくなって）、来世に向けて仏の勤めをしたいという思いが深まっていた」（「柏木」巻）

エリートの挫折とでも言うべきか。

階級にこだわり続けた柏木は、階級への執着ゆえに身を滅ぼし、仏の世界に救いを求めながら死んだ。

一方、女三の宮は、真相を知った源氏が、人前では優しく、二人きりになると冷たくするという嫌味な仕打ちを繰り返したため、薫を出産後まもなく出家してしまう。

薫は、こんな状況下、生まれたわけである。

父の厭世観と階級へのこだわりを受け継ぐ薫

己の出生の秘密に、女房のひそひそ話から薄々気づいていた薫が、若くして厭世観に取りつかれていたとしても不思議はない。そんな彼が、八の宮という〝俗聖〟がいると知ると、

「私こそ、〝世の中をばいとすさまじう〟（世の中は本当に味気ないと）分かっていながら、仏の勤めなどを人目に立つほど励むわけでもなく、無為に過ごしてきた」

と考え、八の宮に近づきたいと願う。その様は、実父・柏木がいまわの際に、

〝なべての世の中すさまじう〟

という心境になって、仏の勤めをしたいと望むようになっていた、その最期の心情を相続したかのように似ている。

〝数ならぬ〟身を嘆いた男の息子は、父の厭世観を受け継いで、世間から貴族の〝数〟にも入れてもらえぬ八の宮に吸い寄せられ、俗人のまま仏の勤めにいそしむ救いの道に踏み出そうとするかに見えた。

ところが。

八の宮のもとに通い始めて三年目、〝我はすきずきしき心などなき人ぞ〟（私は色めいた気持ちなどない男だ）と、管理人を言いくるめ、二人の姫たちを垣間見た薫は、想像以上に雅びで上品な様子に心惹かれる。同時に、八の宮家に仕える弁という老女房から出生の秘密を聞かされる。実は、柏木の乳母は女三の宮の乳母の姉だった。その関係から、宮の美しさや父帝に可愛がられている様を、柏木は聞いて好きになったといういきさつがあった（「若菜下」巻）。弁は柏木の乳母子に当たり、柏木の遺書を持っていたのである。

ここから薫はますます八の宮家に吸い寄せられることになるのだが……。

八の宮は、

「自分の死後は姫たちをよろしく」

と薫に言いながら、姫たちには、

「宇治で生涯を終える身と覚悟を決めよ」

と、宇治でひとりみを貫くように命じていた。

新婚家庭の経済は妻方で担う当時、八の宮家のような貧乏皇族の姫に声をかけてくるのは、寺社参詣の中宿りや旅の往復のついでにその場限りの出来心で言い寄る男や、貧窮ぶりを侮って近寄ってくる男が関の山。ならば、ひとりみでいよというのである。

実は八の宮は、相手が薫のような高貴な男であれば、結婚させたいと考えていたのだが、姫たち……とくに長女の大君《おおいぎみ》には父の真意は伝わらなかった。こうした「すれ違い」も、正編とは異なる宇治十帖のテーマの一つである。

一方の薫は、「我が心ながら人とは違うなぁ。あんなふうに宮が言ってくれても、結婚を急ぐ気になれない」と思いながらも、

「姫たちを我が物にした心地」(〝領じたる心地〟)(「椎本」巻)

がしていた。

世の中は味気ない。自分には色めいた気持ちなどない。結婚を急ぐ気になれない。

薫は表面ではそう思いながらも、心の底では、女に興味があったのである。

それだけではない。階級にも実は強い執着心を持っていた。

のちの話になるが、彼が思いを寄せていた大君死後、夕霧右大臣をはじめとする貴族の娘との縁談は蹴っても、ミカドの愛娘・女二の宮との縁談は、

「結婚なんて性に合わないのに」

と思いつつも承諾し、

「これが〝后腹〟でいらしたら」(「宿木」巻)

と夢想する。

女御が生んだ女二の宮より、いっそう高貴な異母姉の明石の中宮の生んだ女一の宮ならよかった、というのだ。

これは実父・柏木が、女御腹の女三の宮を求め、妻の女二の宮(落葉の宮)を、〝下﨟の更衣腹〟とか〝落葉〟と見下したのと全く同じ心理である。女三の宮を求める柏木の気持ちを〝おほけなき心〟と描写した作者は、ここでも極上の階級の女を求める薫の心を、

〝あまりおほけなかりける〟(あまりに分をわきまえず大それている)

と評する。

薫の正妻が、実父・柏木の正妻と同じく〝女二の宮〟であることも偶然ではあるまい。

二人はもちろん別人だが、『源氏物語』ではすべての設定に意味があり必然性があることは、男主人公の運命の人とも言える女に共通して、〝藤壺〟という殿舎の名が付いていることからも分かる。薫の正妻の女二の宮の母は藤壺女御であった。

作者はここで、読者に柏木を思い出すよう仕向けているのだ。

階級ゆえに身を滅ぼした柏木の息子・薫が、この世は味気ないという父の辿り着いた思いを引き継ぎながら、その実、人一倍、階級に執着するという父の性質をも受け継いでいることを、読者に念押ししているのだ。

この念押しが生きてくるのは、八の宮の劣り腹の三女・浮舟が浮上して以降のことである。

結婚を拒否する女、大君

意識の表層では、「この世は味気ない」と思い、結婚拒否の姿勢を示しながら、その実、女に興味があって、階級にも人一倍執着のある薫……こうした薫の屈折から、宇治十帖はねじれた展開になっていくのだが、メインストリームは「結婚拒否」、しぼんでいく世界であることには変わりない。

その象徴が八の宮の長女の大君であった。

「おっとりと可憐」な妹・中の君に対し、大君は「思慮深く重々しい」(〝深く重りか〟)という性格だった(「橋姫」巻)。

そして自己肯定感の低い女でもあった。

父・八の宮が死ぬと、「宇治を離れるな」という父の遺言を頑なに守り、薫のアプローチを拒み続けた。

「私はもう女盛りを過ぎている身だわ。鏡を見れば、痩せていく一方だし」(「総角」巻)と、自身の痩せた手を袖から出して眺めては、二十六歳の彼女は考えていた。

さらに、

「私もあの人も幻滅せぬまま、気持ちが変わらぬまま終わりたい」(〝我も人も見おとさず、心違はでやみにしがな〟）

という思いも深かった。

そのため大君は自分の代わりに「若く美しい妹の中の君を」と考えたが、薫は匂宮を中の君のもとに導いて、大君に執着し続けた。

ところが中の君と結婚した匂宮に、権勢家の夕霧の娘・六の君との縁談が持ち上がる。こうなると、大君はますます結婚に対する絶望感を深め、〝物をなむさらに聞こしめさぬ〟（食べ物をまるで召し上がらない）（「総角」巻）という状態になって衰弱死してしまうのだ。

結婚拒否の果ての拒食症による死……『源氏物語』は、日本で初めて、いや、ひょっとしたら世界で初めて、若い女性の拒食症を描いた物語かもしれない。

『源氏物語』には、今までも朝顔の姫君という、結婚を拒否する女はいたが、彼女は端役に過ぎなかった。

宇治十帖に至り、物語は強硬に結婚を拒む女君を主軸に据えている。

それは、匂宮と結婚した中の君が、六の君の登場に、一時は結婚を悔やみながらも、匂宮の若君を生んでそれなりの地位を確立すると、物語の中心から去っていくことからも、分かる。

紫式部が宇治十帖で描きたいのは、結婚によって地位が上昇する紫の上や、子を生み、栄える明石の君のような女君ではない。

結婚や出産ということから逃れ、しぼんでいく世界で生きていく女の姿なのである。

唐突に現れる浮舟と、周到に用意された母・中将の君

物語最後の女主人公・浮舟は、父・八の宮と同様、物語に突如、現れる。物語の登場人物は皆、突如として現れるものではあるが、『源氏物語』の主要人物はそれなりの伏線の上に現れることが少なくない。明石の君の存在は、その登場のはるか前、「若紫」巻の会話の中で触れられていたし、玉鬘の存在も「夕顔」巻で触れられていた。紫の上や朧月夜のように、その登場感が鮮烈な女君もいるのだが、浮舟の存在は、本当に、

「なぜ今までその人のことを少しもほのめかしてくれなかったのです」(「宿木」巻)

と、中の君に問うた薫と同様、はじめて『源氏物語』を読んだ昔、あまりの唐突さに驚いたものだ。

再婚の勧めにも耳を傾けず、〝俗聖〟と呼ばれ、自身も、

「心だけは極楽浄土の蓮華の上に昇ったように、濁りない池にも住めそうだが、こんなに幼い姫たちをあとに残していくのが気がかりなばかりに、一途に出家することができない」(「橋姫」巻)

と語っていた八の宮。二人の姫さえ持て余していた彼にまさかもう一人娘がいたとは……。物語では影も形も見えなかったこの浮舟の存在を、中の君が突如、薫に語ったのは、薫のしつこいアプローチを避けるためだ。

大君死後、中の君を匂宮に「譲った」ことが惜しくなっていた薫は、中の君に経済的な援助を

続けながら、隙あらば彼女の手を握ったり抱きついたりして迫っていた。

新婚家庭の経済は妻方が担っていた当時、貧しい中の君にとって、匂宮との結婚生活を成り立たせるには薫の援助が必要だった。しかし薫の懸想は〝わづらはし〟くてならない。しかも薫は、「あの宇治の山里に、亡き大君に似た〝人形《ひとがた》〟を作るなり絵に描き写すなりして、勤行したいと思うようになりました」

などと不気味なことを言いだす。

「心にしみるお志ですが、また、そんな嫌な御手洗川《みたらしがわ》に流されてしまいそうな人形なんて、なんだか姉上が可哀想です」

中の君は、薫の言う人形（像）を、人の災いを移して川に流す人形の意にとらえ直し、

「人形のついでに、ほんとに妙な、思い出しそうにないことを思い出しました」

と、語りだしたのが浮舟のことであった。中の君は浮舟を自分の身代わりにして、ストーカーの如き薫から無難に逃れようとしたのである。

中の君の口ぶりから、浮舟を、亡き八の宮がひそかに生ませた劣り腹の娘であると察した薫は、

「父宮に認められなかった程度の身分（〝さばかりの際《きは》〟）なら言い寄るのは難しくなかろうが、希望通りの人でなければ面倒だ」

などと思って煮え切らないものの、弁（大君死後は出家して〝弁の尼〟）に探りを入れてみる。

このへんは本当に源氏と違う。源氏であれば、相手が落ちぶれ皇族であろうが、劣り腹であろうが、突き進んでいた。その上で、彼女らをまとめて面倒を見ていたものだ。

だが。

そんな男は現実の大貴族にはいない。彼らには強い正妻がいるし、寄る辺のない女に手を出しても、いつの間にやら通わなくなって、女のお腹がふくれても知らぬ顔を決め込む類いもいる。

『枕草子』には、

〝ことにたのもしき人なき宮仕へ人などを語らひて、ただならずなりぬるありさまを、清く知らでなどもあるは〟(「はづかしきもの」段)

とある。寄る辺ない宮仕え女房などとつき合って、彼女が妊娠すると、きっぱり知らぬ顔をする男などもいる、というのである。

もともとリアリティの高い『源氏物語』であったが、宇治十帖に至ると、ヒロインも周囲もより等身大になり、源氏のような理想の男は姿を消す。

俗聖と言われていた八の宮もそんな等身大の男の一人で、弁の尼の語るところによると、亡き八の宮は、北の方が死んで間もなく、〝中将の君〟という上臈女房とごく内密に関係していた。

つまりは女房に手を付けて召人にしていた。

この召人に娘が生まれた。身に覚えのあった八の宮は、

〝あいなくわづらはしくものしき〟(不本意だ、煩わしい、不愉快だ)(「宿木」巻)

と思うようになり、二度と中将の君と逢わなくなった。八の宮は多くはそれに懲りて〝聖〟のようになり、居づらくなった中将の君は受領(常陸介)の後妻となった。彼女が娘の無事を報告しても、八の宮は、

「二度とこのような連絡を寄越してはならぬ」(〝さらにかかる消息あるべき事にもあらず〟)と、にべもなくつっぱねたため、交流がなくなっていた。

娘は二十歳ばかりになって、それは可愛らしく成長している。常陸介の任期が果て、一家は帰京しており、浮舟は、

「せめて父宮のお墓参りだけでもしたい」

と言っている。

ということが、弁の尼の口から明らかにされる。


中将の君は、亡き北の方の姪で、弁の尼は亡き北の方のいとこだ。三人は近い親戚同士で「主人」と「女房」という主従関係になっていた。

平安中期にはありがちなことであるが、ここに「性」が絡むと、つらいことが起きる。生まれた子は、正妻腹に対して〝外腹〟〝劣り腹〟と呼ばれ、差別される。しかし北の方の死後であれば、中将の君が正妻格となる道もあったはずだ。現に、道長の父・兼家の北の方死後は、その召人が妻並みに扱われていたことはすでに述べた。

ところが中将の君にはそんな幸いは降ってはこなかった。

そもそも相手が貧乏皇族なのだから仕方ないとはいえ、その扱われようは今まで登場したどんな女よりも惨めであった。

八の宮の召人に対する冷酷さは、鬚黒の比ではない。まして源氏とは比べようもない。源氏は

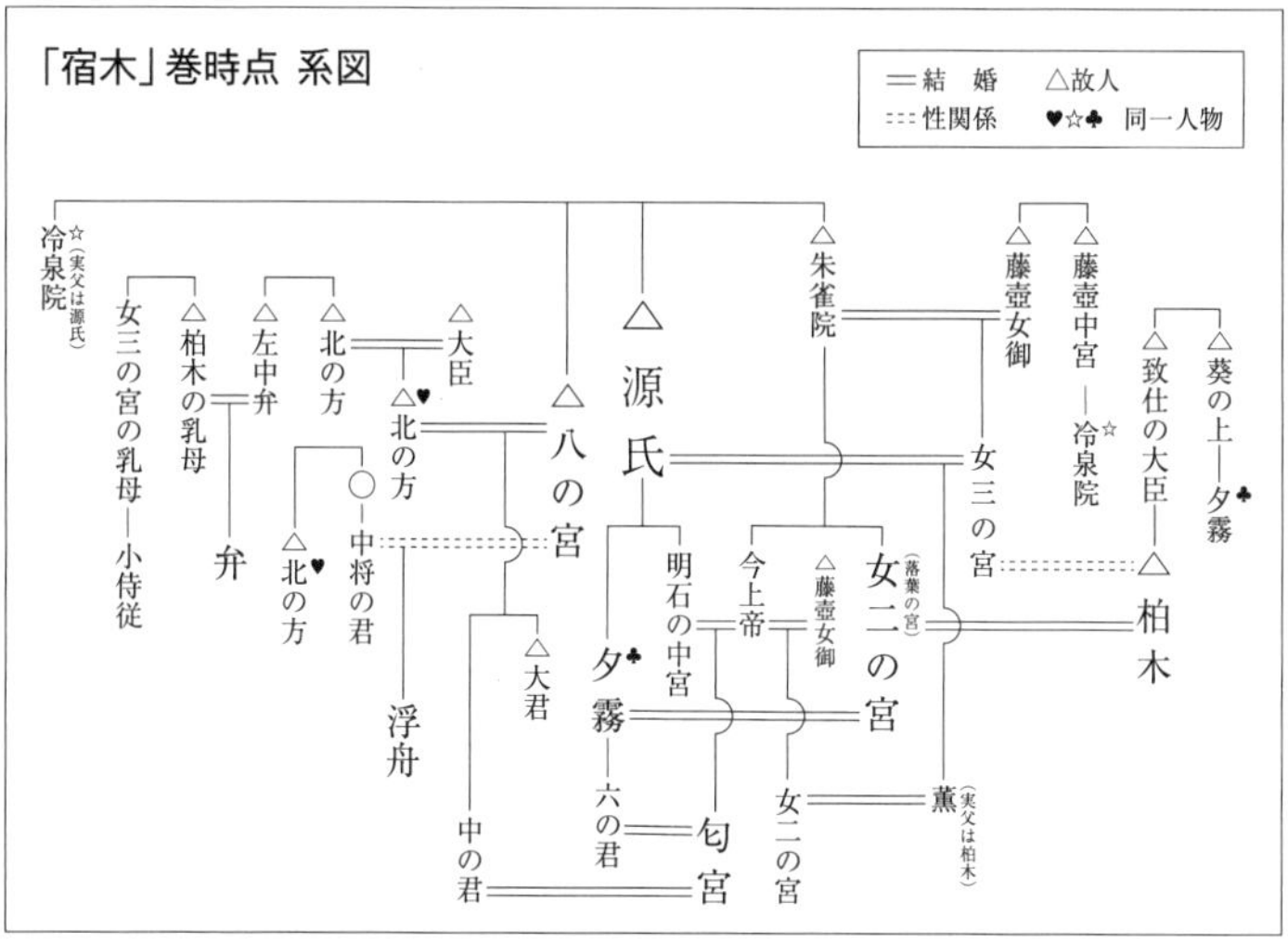

召人を大切にしただけでなく、明石の君という、召人になっても不思議のない、受領の娘を妻として厚遇した。源氏に子が少なく、しかも占いにより、生まれた娘は皇后になると予言されていたからでもあるが、だとしても、八の宮の階級意識と冷たさは突出している。

北の方の姪という近い関係でありながら、女房として仕える身であったというだけで、北の方とは雲泥の差の仕打ちを受けた中将の君が、どれほど悔しい思いをしたか。

はるか昔、「源氏の物語」で綴られていた、末摘花の落ちぶれたオバのことを思い出してほしい。

落ちぶれて受領の北の方となったオバは、末摘花の母である姉妹や、その夫である親王にも〝面ぶせ〟とバカにされ、プライドを傷つけられた。それゆえに末摘花が源氏に忘れられ、どん底状態になった弱り目につけ込み、彼女を自分の娘の〝使ひ人〟（使用人）にしようと企てたものだ（↓

第三章）。

落ちぶれたことを親族にバカにされるというのはそれほどまでに悔しいことだったのである。

このオバ以上の仕打ちを中将の君は受けている。

その仕打ちを物語はこれでもかと強調する。

浮舟の登場が唐突であったのに対し、母・中将の君の登場は周到に根回しされている。それは、受領階級の明石の君の存在が、正編のヒロインたる紫の上の登場直前に、早くも噂話として源氏の耳に入っていたことに似ている。

受領階級に落ちぶれていた明石の君は、源氏と関係し、生まれた娘は紫の上の養女となり、中宮となって、明石一族や源氏の地位を押し上げ、繁栄をもたらした。

対する中将の君は、源氏にまさるとも劣らぬ血筋の八の宮と関係し、同じように娘が生まれたにもかかわらず、それを機に八の宮に絶縁され、娘共々、受領階級に落ちぶれるという下降線を辿った。

正編である「源氏の物語」は、上流だった紫式部の先祖が運勢を開いて、そのまま上昇していれば、あるいは道長の召人でもあった紫式部が道長の娘を生んでいたとして、その娘が天皇家に入内して上昇していれば……そんな「ｉｆの物語」として読めるのではないか……そう第一章に私は書いたが、「宇治十帖」はもう一つの、より現実に近い「ｉｆの物語」である。

上流だった紫式部の先祖が落ちぶれて、紫式部の親の代には受領階級となって、紫式部は道長の召人になる。ここまでは現実通りである。そしてここからが「ｉｆの物語」となる。つまり、召人となった紫式部がもしも道長の娘を生んでいたら……あるいは道長ではなく、紫式部の父が家司として仕えた時期のある具平親王の召人になって、彼の娘を生んでいたら……あるいは、もっと貧しい親王の召人となって娘を生んでいたら……。

いや、そんなふうに作者個人の現実と結びつける必要は、もはや、あるまい。

紫式部は、源氏と明石の君を主軸に上昇してきた「源氏の物語」に対し、その裏バージョンとも言える八の宮と中将の君を主軸に下降していく「宇治十帖」を描きたかった。

中将の君はよりリアルな「もう一人の明石の君」である。

その意味で、宇治十帖の前半の中心人物は……「嫉妬」と「階級」的に見たヒロインは、中将の君と言える。

満を持して物語に登場する中将の君。

物語は、いよいよ召人の目線で、召人自身の心情を綴る。

第八章　嫉妬する召人の野望

宇治十帖のキーワードは〝数〟

『源氏物語』を初めて読んだ時、最も違和感を覚えたのが〝人数ならぬ〟とか〝数ならぬ身〟ということばであったことは前に書いた（↓第四章）。

人の数にも入らない、貴族社会に一人前の人間として認められていない、という意味で、階級社会の苛酷さにおののいたものだ。

そのことばを最も発していたのは、上昇する「源氏の物語」である正編では、受領階級出身の明石の君であった。ところが下降する物語である「宇治十帖」では、源氏の異母弟という高貴な八の宮の説明に、

〝世に数まへられたまはぬ古宮〟（「橋姫」巻）

と、〝数〟が使われていた。

そんな八の宮の召人であった中将の君は、「宇治十帖」で最も〝数〟を頻発する人物だ。

中の君から浮舟の存在を知り、さらに弁の尼からその詳しい素性を聞いた薫は、初瀬詣でのついでに宇治にやって来た浮舟の一行が、宇治橋を渡る現場に居合わせる。その光景は、

〝橋より今渡り来る見ゆ〟（「宿木」巻）

と、舞台に登場する女優のように劇的に描かれ、車から降りた浮舟が、〝まろらか〟で美しい腕を差し出す姿が、官能的に読者の前に示される。橋は古来、異界を含めたすべての世界との境界と考えられてきた。薫の住む上流の世界とは別の世界から、その境界線を踏み越えて、浮舟は今、こちら側に現れたのである。

その姿は、薫の目にも〝常陸殿《ひたちどの》〟（常陸介の娘）風情には見えず、

「この女よりまさる〝際《きは》〟（身分）の人々を、明石の中宮のもとをはじめ、あちらこちらで、綺麗な人も品の良い人も大勢、嫌というほど見てきたけれど、ちょっとやそっとでは目も心もとまらず、堅物の度が過ぎて人に非難されるほどなのに、そんな自分の心地にも、目の前の相手はどれほど優れて見えるところもない人なのに、こうも立ち去りがたく、無性に惹かれてしまう」

という状態になる。

「これよりもっと〝口惜しからん際の品ならんゆかり〟（低い身分の縁者）であっても、こんなにあの大君に似ている人を手に入れることができたとしたら、おろそかには思えぬ心地がするのに、ましてこの人は、認知されていないとはいえ、紛れもない亡き八の宮の御子なのだ」

そう思うと、すぐにでもそばに行って、

「あなたは生きていたんだね」

と声をかけたいほどに薫の気持ちは高ぶる。浮舟の姿に、亡き大君を完全に重ねている。薫の心には依然として大君が居続けているのだ。

しかし、ここまで感動した薫のその後の行動は煮え切らないものであった。

薫は弁の尼に浮舟との仲立ちを頼みながらも、手紙の一通すら相手には出さない。皇女の妻を持つ高貴な自分が、受領の継子風情に本気で言い寄っていると思われるのは〝人聞き〟が悪いと考えたからだ。

一方、弁の尼から薫の意向を伝えられた、浮舟の母・中将の君のほうでも、本気には受け取らず、ただ薫の身分人柄の素晴らしさを思うと、

〝数ならましかば〟(「東屋」巻)

と思わずにいられなかった。

中将の君は、「こちらがもし一人前の人の数に入る身分でさえあれば」薫との縁談も受け入れる、受け入れたいという欲望を強く抱いていた。

しかし、その身の程を思えば、つらい思いをするだけ……ならば諦めるしかない……そう思うと、〝よろづに〟(あれこれとあらゆることを)考えずにはいられないのだった。

『源氏物語』の受領階級は必ず「落ちぶれ組」

中将の君は、常陸介の後妻であった。

常陸介には亡き先妻の子たちが大勢いて、さらに中将の君も五、六人の子を生み、〝姫君〟などといってかしずいている娘もいた。そこに中将の君の連れ子・浮舟もいる。中将の君夫妻は互いに連れ子のいる再婚同士で、こうした夫婦は当時、珍しくはない。

だが妻の連れ子の浮舟を常陸介は〝他人《ことひと》〟と思って分け隔てする気持ちがあった。そのため中将の君は夫を恨んでは、浮舟のことを、

「何とかして他の娘たちよりも〝面だたしきほど〟（晴れがましい地位）にしてやりたい」

と考えていた。

具体的には、良い結婚をさせてやりたいと願っていた。

「もしも浮舟が、他の子どもたちと一緒にしていいようなレベルの容姿ならそこまで心を悩ませはしなかった、世間から他の娘たちと同じように思われてもよかったのだが、何ものにも紛れようもなく、切ないまでに、恐れ多いほどに美しく成長したので、もったいなくも痛々しいと思われるのだ」と物語は言う。

中将の君は浮舟に特別な期待をかけていたのである。

そんな浮舟を分け隔てする常陸介というのも、〝賤《いや》しき人〟ではなかった。

もとは上達部（大臣・大納言・中納言・参議、その他三位以上の者）つまりは上流とされる家柄で、一門にもむさくるしい人はおらず、莫大な財産があった。そのため、身の程よりはプライドが高く、家の中も〝きらきらしく〟小綺麗に住みこなし、文化的なことも好んでいたが、それにしては荒々しく田舎びた心がしみついていた。

要は、落ちぶれているのだ。

こうして見ると『源氏物語』に出てくる主要な受領階級は、必ずといっていいほど上流から落ちぶれた人々だ。

源氏とただ一度関係しただけで、夫死後は源氏の二条東院に迎えられた空蟬は、亡き父・衛門督（衛門府長官。従四位下相当）が桐壺帝への入内も考えていたほどの人だったが、落ちぶれて父親ほどの年齢の受領の後妻になっていた。

明石の君にしても、父・入道は、先祖の大臣が政争に巻き込まれたという過去があり、出世の見込みが薄らいだので、近衛中将（従四位下相当）の座を捨てて自ら受領に落ちぶれていた。

末摘花のオバも、〝世におちぶれて〟受領の北の方になっていた。

ほかにも源氏の乳母子の惟光《これみつ》など受領階級の人々は登場するし、彼らの詳しいプロフィールは描かれないので何とも言えないのだが、少なくとも『源氏物語』で主要人物としてクローズアップされる受領階級は、皆が皆、もとは上流に属すような人が落ちぶれたという設定なのだ。

これは偶然とは思えない。

そもそも受領階級というのは、庶民や地方の人々にとっては想像しうる職掌の頂点にある。『源氏物語』でも、乳母一家に伴われて西国に下っていた玉鬘が、現地の求婚者から逃れ、初瀬詣でをした際、下女の三条は、

「我が姫君を、大宰大弐の北の方か、当国の受領の北の方にして下さい」

と祈っている。彼らは、そこで、かつての同僚女房で、今は源氏の侍女になっていた右近に再

会するのだが、右近はそんな三条の様子に、

「まったくすっかり田舎じみてしまったものね」

と、あきれている。

「父上である頭中将殿は昔でさえミカドのご信任がどれほどでいらしたか。まして今は天下をお心のままにできる内大臣なのよ」

と。

それを聞いた三条は、

「大宰大弐の北の方が、清水の観音様にお参りした時の威勢はミカドの行幸に劣らなかったわよ」

と反論する（「玉鬘」巻）。

地方在住者にとっての最高権力者は受領なのである。

だが、『源氏物語』はミカドの皇子を中心とした物語なのだから、登場する受領階級は、上流貴族自身がつき合うにふさわしい、落ちぶれ組ということになるのかもしれない。

しかしそれなら、『源氏物語』より少し前の『うつほ物語』のように、受領階級をほとんど登場させないという設定でも良さそうなのに、『源氏物語』では空蟬、明石の君といった受領階級が、主要人物として活躍している。

『源氏物語』はなぜそうまでして、受領階級を登場させるのか。

と考えた時、思い出されるのは作者の紫式部のことだ。

彼女の曾祖父・藤原兼輔は従三位中納言であったのが、祖父・雅正や父・為時の代には受領階級に落ちぶれていたことはすでに触れた（↓第一章）。

紫式部の夫・宣孝にしても、父・為輔は正三位権中納言、曾祖父・定方は従二位右大臣という上流貴族であった。

紫式部の曾祖父・兼輔と宣孝の曾祖父・定方はいとこ同士で、辿れば道長とも先祖を一にしている。

こうした作者自身のプロフィールが、物語に影響を与えた可能性はあろう。

テーマとして「上昇していく世界」と「下降していく世界」があったとすれば、なおのこと、落ちぶれて上昇を目指す受領階級というのは、描きやすかったはずだ。

堂々と物質主義な人々の登場

さて、そんなふうに上達部の先祖から受領階級に落ちぶれていた常陸介であるが、金はあっても、〝豪家〟（位が高い権力者）のあたりを恐ろしく煩わしい存在と考え、憚りおびえているという田舎者ぶりだ。

だからほしいものは〝位〟と権威である。

そこへ好都合にも、左近少将という、大将の父を亡くした落ちぶれ貴族が現れる。

彼に最初に目をつけたのは中将の君であった。

「彼より〝ことごとしき際の人〟（重々しい身分の人）はまさかうちになんか婿にきてくれないだろう」（「東屋」巻）

左近少将くらいが、望み得る最高の地位の婿であろうと考え、浮舟との縁談を進めていた。ところが、左近少将が常陸介邸に近づいたのは、受領の財産目当てだった。そのため浮舟が常陸介の継子と知ると、

「私は常陸介の後見がほしいだけだ。顔形の優れた女がほしいわけではまったくない」

と仲人に宣言して、実子に乗り換えてしまう。継子の婿では、ほかの婿よりも格下に扱われようし、財産分与の際にも不利になるだろうと恐れたのだ。

仲人から少将の意図を聞いた常陸介は「妻（中将の君）が何と言うか」と案じながらも、

「少将はミカドの信望もあつく将来性がある。我も我もと婿に望む人があちこちにいる」

と言う仲人にまんまとだまされて、

「娘を誠心誠意思ってくださるのなら、〝大臣の位〟を買うための宝とて、我が家で揃わぬ物はまずありません」

と言う。

常陸介は、左近少将が財産目当てであるのを怒るどころか、むしろ自分の財産を当てにしてくれたことが嬉しい。娘を大事にしてくれるなら「財産目当て、大いに結構！」というスタンスなのだ。

これを仲人から伝え聞いた左近少将はさすがに〝すこし鄙《ひな》びてぞある〟（少し田舎じみている

な）と思い、中将の君の思惑を考え、躊躇するものの、

「気になさることはありません。北の方も、常陸介の可愛がるこの実の姫君（もちろん中将の君にとっても、実の娘である）を大事な方としてかしずいておいでなのですから」

という仲人のことばに、

「人には少し非難されても、長く頼りにできることが肝心だ」

と考え、日取りも変えず、そのまま常陸介邸に通い始める。

ここには、今までの階級重視・美貌重視の価値観とは異なる世界がある。

常陸介は〝豪家〟を恐れながらも、その実、荒々しい東国魂がしみついて、上流貴族とは別の思考回路となっている。

一方の左近少将も、

「貧しく不如意な暮らしをしながら雅びを好む人の成れの果ては、小綺麗でもなければ、人に人とも思われない。それを私は見て知っているので、少しくらい人に非難されようと、平穏無事に人生を過ごしたいと思っているのだ」

と言う。階級にこだわり続ける薫とは大違いである。

この堂々と物質主義的な二人の男が、私は昔からわりと好きで、拙著『源氏の男はみんなサイテー』でも、

「堂々と物質主義、堂々と無神経、堂々と下品な人間像……それだけにどこか爽快でさえある人間像」

と書いたものだ。

今思うと、この二人に妙なすがすがしさを感じてしまうのは、「階級」や、それに伴うと考えられていた「美貌」に価値を置くあまり、更衣腹だ女御腹だ中宮腹だと些細な差に汲々としている薫サイドの貴族社会とは別の、来たるべき未来像……それは実は男優位の武士社会なわけだが……と、行き詰まった貴族社会を打開するパワーが、ここにあるように感じられたからなのだが……。

実は彼らの言動は、源氏と明石の入道の「縮小版」に過ぎないともいえる。明石の入道が源氏を婿にしたのは、彼を使って、落ちぶれた家の再興以上の繁栄を期待したからであるし、源氏が明石の君と結婚した陰には、その父・入道の莫大な資産への期待感があったはずだ。現に源氏の六条院で明石の君に割り当てられた西北の町には、蔵が並ぶ〝御倉町《みくらまち》〟があった(「少女」巻)。「源氏の物語」の時にはオブラートに包まれていたこうした現実を、身も蓋もない形で露呈させたのが、宇治十帖の左近少将と常陸介ともいえる。

懲りずに八の宮家に接近する中将の君

かくて左近少将は、常陸介の実の娘と結婚する。

怒り悔しがったのは浮舟本人ではなく、母の中将の君である。

〝心憂きものは人の心なりけり〟

可憐な浮舟を見るにつけても、中将の君の心は張り裂けそうになり、浮舟の乳母を相手に愚痴を爆発させる。

〝親なしと聞き侮《あなづ》りて〟

父がいないと聞いてバカにして！

対する乳母は腹を立てながらも、

「これもかえって、ご幸運に転じないとも限りませんよ。この際、姫君のご運に任せて大将殿（薫）とのこと、決意なさいましな」

と言いだす。これを機に、浮舟を薫の望み通りに縁づけようというのだ。中将の君は、

「なんて恐ろしいこと。人の噂を聞くと、あの方は長年ありきたりの人とは結婚しないとおっしゃって、右大臣殿（夕霧）、按察大納言（紅梅）、式部卿宮（桐壺院皇子）などがとても熱心に縁談をほのめかしていらしたのに聞き流して、ミカドの可愛がってらっしゃるお嬢様を妻にした方よ。そんなお方がどれほどの人を本気で好きになるかしら。母宮などのおそばに仕えさせて、時々逢ってやろうくらいに思うだけよ」

薫とつきあっても、女三の宮のもとに仕えさせられる「召人」となるのが関の山、というのだ。中将の君は、「それはそれでけっこうなこととはいっても」と断りながらも、

「きっと胸が痛む思いをするわ。〝宮の上〟（中の君）を世間では〝幸ひ人〟（幸運な人）と言っているけれど、悩みの多そうなご様子を見ると、何といっても〝二心《ふたごころ》〟（浮気心）のない人が一番よ。我が身でも知ったの。亡き八の宮はとても優美で素敵な方でいらしたけど、私のことを

〝人数〟にも思ってなかったので、どんなに情けなく恨めしかったか」

と言い、

「上達部や親王といった、雅びで気後れするような方のおそばにいても、〝わが数ならではかひあらじ〟」

肝心の自分が〝数〟に入らぬ身では、何のかいもない、

「すべては〝わが身〟しだいなのよ」

と、乳母のことばを否定する。

中将の君は、乳母との会話で、〝数〟という語を繰り返す。

そして、強い正妻のいる匂宮の妻となった、八の宮の遺児で、中将の君にとってはいとこであり、義理の娘ともいえる中の君より、ほかに女のいない常陸介の妻たる自分のほうが心穏やかでいられる、と強調する。

〝数〟にも入らぬ身の程ゆえの苦しみを味わい尽くした中将の君は、高貴な男と結婚したところで、自分の身の程が〝数〟に入らぬのなら、人間扱いされないのだから、その関係は幸せとはいえないと言う。高貴な八の宮と関係しても、中将の君や娘の地位が上がることはなく、惨めな思いをしただけだった（源氏と結婚したことにより、娘が天皇妃となった明石の君はあくまでレアケースなのだ）。

中将の君がそんなふうに自分に言い聞かせていた折も折、夫の常陸介が部屋に乗り込んでくる。

そして、

「急な結婚でまったく準備していなかったから」

と、中将の君が浮舟のために揃えた調度を、娘の結婚のため、部屋ごと取り上げてしまう。言っておくが、この娘は、中将の君にとっても実の娘である。

しかし、夫のやり方が気にくわない彼女は手伝わず、傍観を決め込み、思うのだった。

〝この御方ざまに、数まへたまふ人のなきを、侮るなめり〟

このお方（浮舟）を人の〝数〟に入れて下さる身寄りがないので馬鹿にしているのだ。宮家とつきあいのあるところを見せつけてやれば、夫や婿も見直すはず……そう考えた彼女は、ついに行動を起こす。

中の君に仕える元同僚の女房に手紙をやり、

「しばらくこの子をお手元に置いてほしい」

と依頼するのだ。中の君は、

「父宮も認知しなかった異母妹なのに」と躊躇するが、

「こういう〝劣り〟の人が家族にいるのは世の常のこと。故宮があまりに冷たすぎたのです」

との女房の説得で、浮舟は、母・中将の君に付き添われ、異母姉の中の君を訪れるに至る。

物語が、改めて八の宮の異例なまでの冷酷さを、確認していることに注意したい。

私だって北の方と同じ血筋だという叫び

匂宮と結婚した中の君は宇治を出て、京の匂宮所有の二条院に住んでいた。浮舟を連れて二条院を訪れた中将の君は、いとこに当たる中の君が、気品たっぷりに、匂宮とのあいだに生まれた若君をあやしている理想的な姿を、

〝うらやましく〟

思う。そんなふうに思う自分を、

〝あはれ〟

とも。そして、

〝我も〟（私だって）

と思う。

〝我も、故北の方には離れたてまつるべき人かは〟

私だって、八の宮の亡き北の方とは他人ではないではないか。

〝仕うまつると言ひしばかりに数まへられたてまつらず、口惜しくてかく人には侮らるる〟

繰り返すように、中将の君は八の宮の正妻の姪である。同じ血筋と言っていい。なのに、人に仕える女房というだけで、人の〝数〟に入れてもらえなかった。人間扱いされなかった！

いとこの中の君の幸福そうな姿を見るにつけても、中将の君の心には、改めて八の宮に受けた仕打ちが悔しく思い出されてならない。

「東屋」巻時点 系図

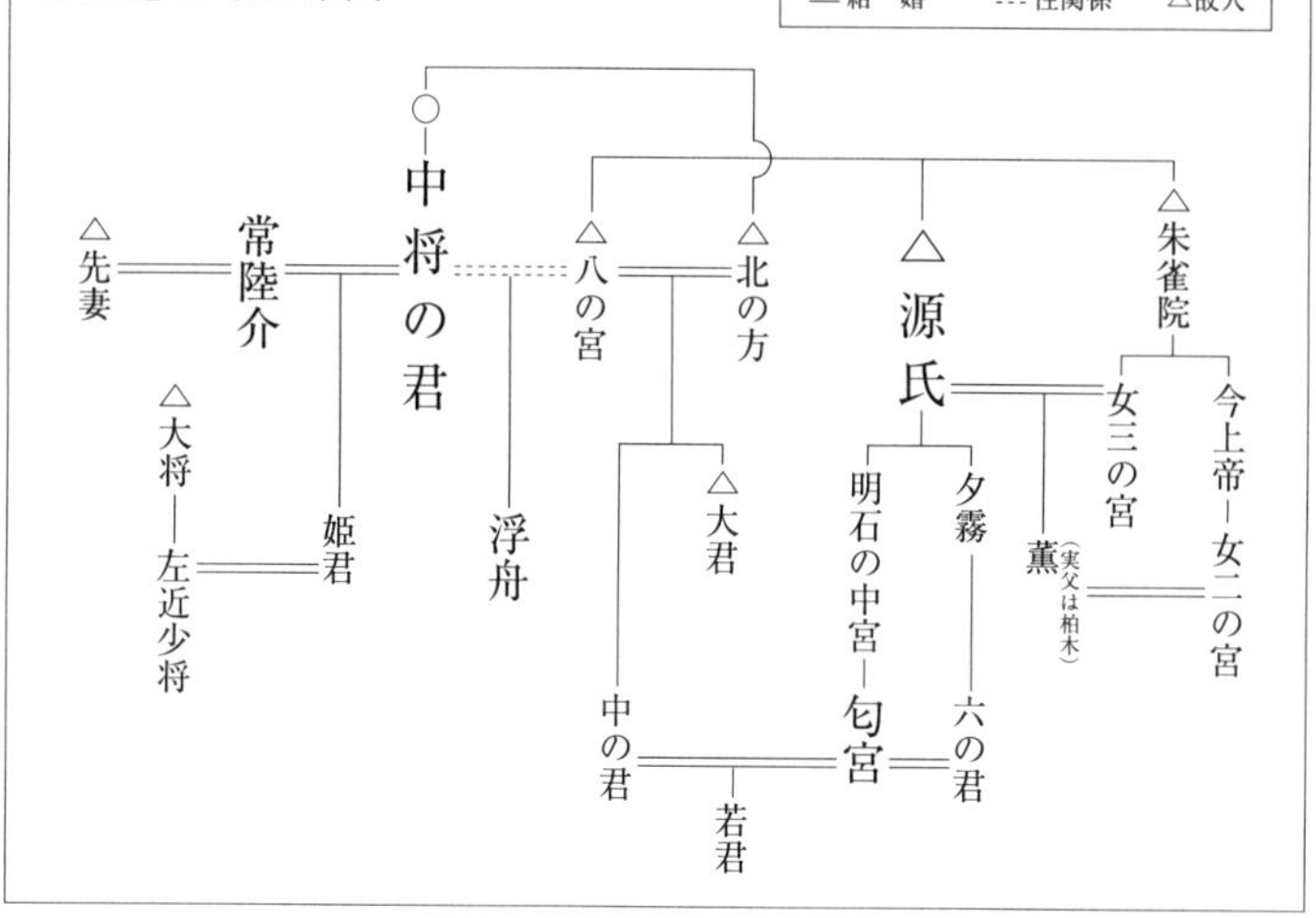

この中将の君の叫びは画期的である。今まで『源氏物語』には、数多くの〝召人〟と呼ばれる女房たちが登場した（→第七章）。とくに〝中将のおもと〟〝中将の君〟というふうに、中将と名のつく女房は八人もいて、その多くが女君付きの女房であり、女君の夫や恋人の召人であった。

浮舟の母である中将の君も、北の方の姪に当たるので、もとは北の方付きの女房であったものが、八の宮のお手つきになった可能性が高いだろう。

しかし浮舟の母以外の召人たちは、自分の仕える女主人の気持ちに寄り添って、女主人の代わりに嘆きこそすれ、自分の嘆きを口にすることはなかった。まして嫉妬や憎悪や羨望を主人筋に向けることは皆無だった。

ところがここに至って、もと八の宮の召人であった中将の君は、「私も北の方とどこが違う

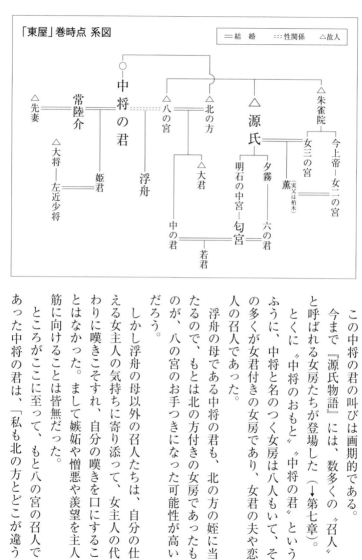

というの！」と叫ぶ。「私だって同じ血筋ではないか」と、悔しさに震える。

この悔しさはイコール紫式部のそれに重なろう。

紫式部は、日記や家集で〝数ならぬ身〟の口惜しさを繰り返している。

一条天皇が彰子の実家・土御門邸に行幸するという晴れの日には、ミカドの輿を担ぐ駕輿丁が〝さる身のほどながら〟（あんな低い身の程なりに）階段を昇ってとても苦しそうに這いつくばっている。その姿は、

〝なにのことごとなる〟（私とどこが違うというのか）

と言い、

〝高きまじらひも、身のほどかぎりあるに、いとやすげなしかしと見る〟（高貴な人に交じっての宮仕えも、自分の〝身のほど〟には限界があるので、本当に安らかな気持ちがしないものよ、と思いながら駕輿丁を見る）

と書き記す（『紫式部日記』）。

〝身のほどかぎりある〟自分には高貴な人との交流もつらいという彼女の思いは、『源氏物語』の中将の君が「自分が数にも入らぬ身では何のかいもない」と嘆いたことと、ぴたりと重なる。

主家の最高の栄誉の折、我が身の程ゆえの惨めさを嘆いた紫式部は、人に仕える女房の苦悩も吐き出している。

〝世にあるべき人かずとは思はずながら、さしあたりて、恥づかし、いみじと思ひしるかたばかりのがれたりしを、さも残ることなく思ひ知る身の憂さかな〟（自分など世の中に存在すべき人

の〝数〟に入る身とは思わないものの、さし当たっては恥ずかしい、ひどいと思い知るようなことだけは免れてきたのに、宮仕えに出てからは、全く残ることなく我が身の情けなさを思い知ったよ）（同前）

宮仕えに出る前から〝人数〟にも入らぬ身と思っていたというのも驚くが、これは自己評価の低さというより、上流の先祖を持つ紫式部ならではの落ちぶれ感、常に上流と自分を比較して、相対的に受領階級を〝数ならぬ〟とする『源氏物語』の受領階級の女たちと同じ思考回路だろう。だとしても、宮仕えに出てからは〝残ることなく〟〝身の憂さ〟（我が身の情けなさ）を思い知ったというのは尋常ではない。

道長やその妻とも先祖を一にする身ながら、彼らに仕える身となって、よほどつらく、悔しい目にあったとしか思えないのである。

中将の君の「人に仕える女房というだけで、人の〝数〟に入れてもらえなかった」という心の叫びが、作者のそれとイコールに近いと思うゆえんである。

自分自身のために見て感じて語る、物語初の女房階級

今までも『源氏物語』では、とくに宇治十帖に入ると、自分の暮らしを成り立たせるために、女主人に男を手引きするようなエゴを丸出しにする女房は描かれてきた。

だが、中将の君のように、悔しい、恨めしい、羨ましいといった感情を主人筋の大貴族に向け

る女房はいなかった。

今まで女主人の手となり足となって行動し、目となり耳となって感じていた召人が、正確には召人であった女が、女房階級であり受領階級である女が、宇治十帖も後半に至って、はじめて自身のために目を見開き、口を開く。

中の君のもとに乗り込んだ中将の君は、そこで多くのものを、その目で〝見る〟。

幸せそうな中の君を見て、次に中の君のもとに訪れた匂宮を見、そのずば抜けた美しさに、

〝あはれ、こは何人《なにびと》ぞ〟

と驚愕する。

〝かかる御あたりにおはするめでたさよ〟（こんなお方のおそばにいる素晴らしさ）

〝この御ありさま容貌《かたち》を見れば、七夕ばかりにても、かやうに見たてまつり通はむは、いといみじかるべきわざかな〟（こんな方なら七夕みたいに年に一度の逢瀬でも、こうしてお目にかかって通って下さるなら、凄いことではないか）

彼女は思い、貧しかった亡き八の宮と匂宮を同列に考えていた自分の愚かさを悔やむ。

運ばれる食事を見ても、調度を見ても、すべてが気高く、すべてが格別な二条院の暮らし……。

「自分では贅を尽くしているつもりでも〝なほなほしき人〟（並みの身分の人）ができることには限界があったのだ」

と口惜しく思った中将の君の心に、

〝わがむすめも〟

という思いが湧き上がる。

「私の娘だって、このように高貴なお方の横に並べても遜色はないだろうに。財力を頼みに常陸介が后にだってしてやろうと思っているほかの娘たちは、同じ我が子ながら、この姫君とは比べようもなく雰囲気が劣っている。そう考えると、やはりこれからも理想は高く持たなければ」

人に仕える女房だった中将の君は、ここに至って、オバで主人筋でもあった亡き八の宮の北の方やその娘である中の君に対抗心を抱く。私の娘だって、彼らと同じように上流の奥様となってもおかしくないのだと、一晩中、浮舟の将来に思いを巡らさずにいられない。

中将の君の野望

中将の君の心の叫びが、〝我も〟から〝わがむすめも〟と、自分から娘へスライドしたことに注目してほしい。

「自分だって北の方と他人ではないのに。女房というだけで人間扱いされなかった」

という彼女の悔しさは、中の君と匂宮の暮らしを見ると、

「我が娘も中の君とは他人ではないし、高貴な人と交じっても遜色はないはずだ」

という思考になる。

恐ろしいのは、〝数ならましかば〟（人並みの身の程でありさえすれば）という中将の君自身の欲望が、娘の身の上に乗り移るかのように飛び火して、燃え上がっていることだ。

中将の君の登場によって、物語で、「嫉妬」と「野望」はくっきり形を表し、合体する。嫉妬と階級を描いてきた『源氏物語』は、明らかに新しいステージに入ったのである。

娘を後宮に入れ競わせることで一族繁栄する貴族社会に生きる紫式部は、大臣から受領階級に落ちぶれた明石の入道が、娘・明石の君を源氏と結婚させることで、一族から皇后・東宮を出した様を描いた。そこには、明石の入道の野望はあっても、彼自身の嫉妬は描かれなかった。明石の君にしても、源氏の正妻格の紫の上に嫉妬されこそすれ、我が子を奪う形となった紫の上を恨むことなどあり得なかった。ただ〝人数〟にも入らぬ身の嘆きを繰り返すだけだった。

ところが中将の君に至ると、亡き北の方と同じ血筋ながら受領に下った自分を見下した八の宮への「恨み」、その遺族たる中の君への限りなく嫉妬に近い「羨望」、娘を使って自分の悔しさを解消しようとする「母の欲望」を、物語は描きだす。

その欲望を、一身に押しつけられる形となった娘・浮舟は、一体、何を感じているのか。

彼女の気持ちにはみじんも触れぬまま物語はなおも進む。

第九章　腹ランク最低のヒロイン浮舟の生きづらさ

繰り返される「身代わりの女」というテーマ

『源氏物語』には、同じテーマを繰り返しながら深めていくという性質がある。

「身代わりの女」というのもその一つで、物語の主要な男たちは、愛する女を亡くしたり、妻や恋人として愛せる状況になかったりすると、彼女に面影の似た女を手元に置いて寵愛する、ということを繰り返してきた。

桐壺帝は亡き桐壺更衣の代わりに藤壺を、その子・源氏は父帝の妻（中宮）藤壺の〝御かはり〟に紫の上を、さらにその子・薫（実父は柏木）は亡き大君の〝形代《かたしろ》〟として浮舟を性の相手とした。

この身代わりの女の階級は、物語が進むにつれ、下降していく。

同時に、「身代わり」であることがよりはっきりと意識されていく。

皇后腹の皇女である藤壺の時には亡き桐壺更衣の面影を宿すということで求められた身代わり

の女は、親王の外腹の紫の上になると、愛する藤壺の〝御かはり〟にと男（源氏）によって自覚されていた。それが宇治十帖に至り、親王の召人腹で受領の継子の浮舟になると、はなから亡き大君に似た〝人形《ひとがた》〟とか〝形代〟といった語で形容され、その認識は複数人によって共有される。

大君に似た〝人形〟を作りたいと漏らす薫に、中の君は、像としての人形ではなく、人の身代わりとして川に流す人形に言及。

「人形のついでに、ほんとに妙な、思い出しそうにないことを思い出しました」

と、異母妹の浮舟のことを語り、以後、薫と彼女のあいだで浮舟は〝見し人のかたしろ〟〝なでもの〟（我が身を撫でて災いを移す人形のこと）（「東屋」巻）等と語られる。二人の会話は浮舟を見下す階級意識に満ちている。彼らは、浮舟やその母・中将の君が来訪し、そばにいても、浮舟を人形や形代にたとえることをやめない。それればかりか、中将の君も、

「薫の殿は、〝かの過ぎにし御代り〟（あの亡くなった大君の御代わり）に引き取って世話をしようと、〝この数ならぬ人〟（この数にも入らぬ娘）のことまで、弁の尼におっしゃったのでした」

と、娘の浮舟が亡き大君の身代わりとして求められていることを承知で、薫に託そうとする。

誰かの身代わりであるということは、藤壺の時には男本人にも自覚されず、紫の上の時には男本人の心の内にのみひそかに自覚されていただけだった。それが浮舟に至ると関係者による公認の形で、はなから亡き大君の代わりとして男の性の相手になることが決められていた。

このように物語で「身代わりの女」を繰り返し描く紫式部の意図は何か。

一つには、人の心の移ろいやすさ、世のはかなさを主張したいのであろう。

仏教には「代受苦」という概念がある。仏や菩薩が衆生を哀れんで、代わりに苦を引き受ける意だ。身代わり地蔵などがその例だが、仏が女に化身して男と交わることで、男を愛欲の罪から救うという考え方もあった。性空上人《しょうくうしょうにん》が生身の菩薩を見たいと祈ったところ、〝神崎の遊女の長者を見るべし〟と夢の告げがあり、見に行ったという『古事談』の話もその系譜上にあろう（巻第三―九十五）。仏教説話には、山寺の吉祥天女像に愛欲の情を感じた優婆塞《うばそく》（在家修行者）が、「吉祥天女に似た美貌の女が欲しい」と祈って、天女が夢で応じてくれたという話もある（『日本霊異記』中巻第十三）。この話はのちに変形し、鐘撞き法師の愛欲に、吉祥天女像が美女となって応えるものの、法師が浮気したために、美女は法師の精液を大きな桶二つ分に入れて突き返したという落ちになっている（『古本説話集』下六十二）。

『源氏物語』は仏教文学といえるほど、法華経などの経典や仏教説話の影響を受けている（高木宗監『源氏物語と仏教』など）。

物語に頻出する「身代わり」というテーマも、仏教の考え方に着想を得たと見て間違いあるまい。

物語は冒頭のほうで、藤壺を得た桐壺帝の心を、

「桐壺更衣に対するお気持ちが紛れるというわけではないけれど、しぜんとお心が移ろって、この上もなく気持ちが慰められるようなのも、しみじみと心打たれる様なのであった」（〝思しまぎるとはなけれど、おのづから御心うつろひて、こよなう思し慰むやうなるも、あはれなるわざな

りけり〟）（「桐壺」巻）

としていた。

あれほど更衣を深く愛していたかに見える桐壺帝も、藤壺を得ると心が移ろい慰められる。どんなに愛した女であっても、その「代わり」でいつかは慰められる。人に執着するというのは、だから空しいことであるのだという、仏教思想にも通じる考え方が、ここにはある。

ちなみに、『源氏物語』には「身代わりの女」はいても「身代わりの男」はいない。これも、仏教説話に、仏が女の姿になって男に犯されるという話はあっても、その逆はないことと関係していよう。日本の仏教では、女は罪障深い存在という考え方が根強く、男に女犯の罪を犯させないよう、仏が女の代わりになってやるという発想がある。しかし、その逆はないのである。

話を『源氏物語』の身代わりに戻すと、誰かの代わりに男の相手になった女たちは、その後どうなったか。

実は、彼女たちは、紫の上以外は、他の男と密通するという形で、男に報復をするかのような設定になっている。

藤壺も浮舟も、自身の欲望からではないものの、他の男と関係した。源氏が晩年、「藤壺の姪であれば〝おしなべての際《きは》には、よもおはせじを〟（並みの容姿ではあるまい）」（「若菜上」巻）と期待して迎えた女三の宮も藤壺の身代わりの女に数えれば、彼女も同様に密通している。

紫の上だけは例外だが、それは、彼女を垣間見た夕霧の意志が強かったからだ。

また、身代わりにされた女たちは例外なく出家を志向し、紫の上以外はその志を遂げることで、性愛の苦悩から「一抜けた」をしている。

身代わりの女を繰り返し描くもう一つの意図……それは、誰かの身代わりとして生きることのつらさを描こうとしたのではないか。初めはその意図はなくとも、物語を書き綴るうちに意図が明確になって、最終的には出家という形で生きづらい世界から逃れることが描かれているのではないか。

そこに辿り着く前に、最後のヒロインにして、誰よりも露骨に「身代わりの女」である浮舟が、どのような扱いを受けることになったか、見ていこう。

母の饒舌と、娘の寡黙

浮舟の感情やセリフは、物語に登場してしばらくのあいだ、ほとんど描かれない。それに対し、母・中将の君の思いやことばは過剰なまでに語られている。

数にも入らぬ身の程への嘆き、女房として人に仕える身であったばかりに人の〝数〟にも入れてもらえず、今も人に侮られているという悔しさ、亡き八の宮への恨み。そうした負の感情が繰り返し描かれるだけでなく、八の宮の次女の中の君には、その思いをことばにしてぶつけている。

「娘は故宮がむごく薄情にお見捨てになったせいで、ますます人並みに扱われず、人にもバカにされるのだと思っておりますが、こうしてお話しさせて頂いて、お目にかかったおかげで、昔のつらさも慰められます」（〝故宮の、つらう情なく思し放ちたりしに、いとど人げなく人にも侮られたまふ、と見たまふれど、かう聞こえさせ御覧ぜらるるにつけてなん、いにしへのうさも慰みはべる〟）

彼女のことば遣いは丁寧なものの、トゲがある。

ミカドの愛息子の奥方と、受領の北の方の身分差を超えた、ふてぶてしさがある。

中将の君には、「自分たちがこんなに惨めな思いをしているのは八の宮の冷酷さのせいだ」という思いがあるので、「八の宮の娘で、社会的に成功した中の君は、異母妹である浮舟の世話をして当然」と考えているのだ。

ここに至るまで、浮舟の気持ちは全くといっていいほど描かれない。

浮舟の縁談について描かれているにもかかわらず、語られるのはすべて母・中将の君がどう思ったか、何を見たか、何を感じたか、についてばかり。

左近少将との縁談が破談になって、異母姉のもとを訪れることになった時も、浮舟は、八の宮家のあたりとお近づきになりたいという気持ちだったので、かえってこういう事態になったことを、

〝うれし〟（「東屋」巻）

と思うだけだった。

人の身代わりに水に流される〝人形〟からの連想で、大君の身代わりとして物語に現れた浮舟は、人形さながら、何も語らない。

中の君のもとに匂宮が現れ、薫が訪れた時も、描かれるのは中将の君の思いだけだ。来訪した薫を見た中将の君は、

〝あなめでた〟（なんとお見事な）

と感嘆し、中の君を通じて、浮舟を薫に託すことに決める。物語が伝えるのは、薫と結婚するわけでもない中将の君の思いのみなのだ。

娘の縁談における母の饒舌と娘の沈黙……。

物語から浮かび上がるのは、浮舟本人にはまるで結婚の意思がないということ、すべては母の思いから発している、ということである。

人間扱いされない浮舟が気にかけるのは……

こうして中の君に預けられた浮舟は、匂宮に偶然見つけられ、新参女房と勘違いされて、犯されそうになる。

乳母の必死の守りで事無きを得るものの、ここから浮き彫りになるのは、女房というのは主人筋の男に容易に迫られ、性関係を結ばされ得る存在であるということだ。

乳母の報告を受けた中将の君は、浮舟の身を案じるのもさることながら、

「この手の嫉妬は高貴な人も変わりはない」（〝かかる筋のもの憎みは、あて人もなきものなり〟）

と、匂宮の妻である中の君の嫉妬を恐れた。

そんな中将の君の心理を、物語は、

〝おのが心ならひに〟（自分の気持ちを基準にして）

と評している。

嫉妬深い自分の気持ちを基準に、中の君の嫉妬を心配していると揶揄したのである。

不安に駆られた中将の君は、その日のうちに中の君のいる二条院を訪れ、中の君が引きとめるのを振り払い、浮舟を三条の小家に移してしまう。

そのことを弁の尼から聞いた薫は、渋る弁に〝例ならず強ひて〟（いつになく強硬に）仲介を頼む。

弁の尼は、

「殿からもお手紙を前もってあちらに書いてください」

と頼むが、薫は、

「手紙を書くのは簡単だが、噂を立てられるのが嫌だ。右大将（薫）は常陸介の娘に言い寄っているそうだ、などと言い立てられるだろうから」

と断って、三条の小家を訪れる。

しかも一足先に行かせていた弁の尼を訪ねたように装うという念の入れようだ。

このへんの薫の「階級意識」や、世間体を繕うための姑息なまでの手回しを、作者は実に丹念に描く。

薫の急な訪れに、浮舟側はあわてるが、

「殿は不思議なくらいお気が長くて、思慮深くていらっしゃるから、まさか人の許しもなしに馴れ馴れしいことはなさるまい」

という弁の尼のことばを信じて、薫を中へ入れたところ、あっという間に夜は明けて、薫と浮舟が男女の仲になったことが暗示される。

大君や中の君には出会いから三年間、一夜を共にしても何もしなかった薫が、浮舟には、出会ったその日に手を出す。

そして夜勤の者が帰って行く気配を確かめてから、車を呼び、浮舟を抱いて乗せてしまう。

仰天したのは三条の小家の人々だ。

〝誰も誰も、あやしう、あへなきこと〟（誰も彼もが、異常な、あっけない出来事）と驚き騒ぎ、弁の尼も、「ずいぶん気の毒な、思いも寄らないことになった」と考えて、

「今日はお供は致しません。〝宮の上〟（中の君）がお耳になさることもあるでしょうから、京に出てきて二条院へお寄りしないで戻りますのも感じが悪いでしょうし」

と同行を拒む。すると薫は、「こんなに早くこの人と関係したことを宮の上に知られるのは恥ずかしい」と思うあまり、

「向こうに案内役がいなくては不便だから」

と、強引に弁の尼を同行させる。

薫は、浮舟を、宇治の八の宮邸跡に建てた屋敷に連れて行こうとしていた。そこは弁の尼が管理していたため、案内役にしたかったというのもある。

有無を言わせず、浮舟を宇治へ連れて行こうとする薫の様は、かつて五条の小家に潜んでいた夕顔を拉致同然に廃院に同行させた源氏と似たものがある。

薫も源氏も、小家に住む女やその関係者たちには何の配慮もしない。

人の〝数〟に入れていない、人間扱いしていない。


母の考えで中の君邸へ連れて行かれ、三条の小家へと移された浮舟は、今また薫の思惑で、宇治へ連れて来られた。

そんな彼女はただ、

「〝母君〟がどう思うだろう」

そう思うと胸が痛んだ。

彼女の心の核には、自分のつらさよりも、「母がどう思うか」があるのだった。

大君の〝形代〟としてしか有用でない浮舟

一方、浮舟を大君の〝形代〟(身代わり)として宇治に連れて来た薫は、真新しく綺麗ではあるけれど、田舎臭さも混じる浮舟のファッションを見るにつけても、着古した着物をまとう大君の気品や優雅さばかりが思い出されてならない。話をしても、ただ遠慮がちに恥ずかしがっている浮舟を、

〝さうざうし〟（物足りない）

と薫は思いつつ、

「田舎っぽいしゃれっ気があるよりはましだ。品のない、はしゃいだ女なら〝形代不用〟（身代わり失格）というものだろうから」（「東屋」巻）

と思い返す。

薫にとって浮舟はあくまでも亡き大君の〝形代〟だ。形代として役に立てばそれでいいから、個性など不要なのである。

彼は浮舟を、大君のいた宇治に置くことで、在りし日の大君を、住まいごと再現するつもりなのだ。

それで八の宮や大君が愛した琴を取り出してはみるが、「どうせこの女には弾けないだろう」と思うので、ひとり奏でて、「八の宮の音色はほんとに惹きつけられる、心にしみるものだったなぁ」と思い出し、口をついて出るのは、

「昔、どなたもお揃いのころ、あなたもここで生まれ育っていれば、もう少し感慨もまさるのに。八の宮のたたずまいは他人の私でさえしみじみ恋しく思い出される。なんであなたはそんな田舎に長年いらしたの」

というようなことば。浮舟が東国育ちで、しかも琴を弾けないという設定は当時としては物凄く残念であり、リアルだったろう。このあたりにも「私はお伽話を書くつもりはない」という紫式部の決意のようなものが感じられる。

いずれにしても、浮舟は好きで東国で育ったわけではない。父・八の宮に認知されない娘であることは弁の尼から聞いて先刻承知なのに、薫はそんなことを言う。

藤壺、紫の上といった今までの「身代わり」たちは、自分が誰かの身代わりであるかも知らなかったが、はなから亡き異母姉の身代わりとして連れて来られた浮舟は、異母姉のような姿形で、異母姉のように振る舞うことを期待される。そうであって初めて〝形代不用〟ならぬ有用な存在となることを、物語は強調している。

浮舟が恥じらうことしかできないのも無理はない。

薫には放置され、匂宮には召人扱いされて……

薫が浮舟を宇治に連れて来たのは九月十三日のことだが、その後も薫は中の君に執着し、浮舟を放置したまま年が明ける。

とはいえ彼は、浮舟を召人扱いすることにはためらいがあった。

「この人をどう扱ったものか。たった今、いかにも大仰に京の自邸に迎えるのも〝音聞《おとぎ》き便《びん》なかるべし〟(人聞きが悪いだろう)。さりとて、大勢いる召人たちと同列にするのも、亡き人の形代という本意に背く。しばらくこの宇治にいさせよう」(「東屋」巻)

と考えていた。薫には、結婚など性に合わないと言っていた独身時代から、かりそめの戯れ言をかけて関係を持った女たちがいた。そうした女たちは、薫を慕うあまり、薫の母・女三の宮のもとに女房として仕えていた（「宿木」巻）。

浮舟のことはそういう女たちと同列の扱いにはしたくない、しかし「人の非難を受けないように目立たぬ扱いをするのが無難だろう」と、とにかく人聞きを恐れる薫は、一方では浮舟を京に迎えるための場所も用意しながら、悠長に構えていた（「浮舟」巻）。

ところが……。

同じころ、浮舟から中の君宛に届いた手作りの細工物と、浮舟の侍女・右近の書いた手紙から、匂宮は、かつて女房と間違えて犯そうとした女が浮舟であったことに気づく。

そして配下に調べさせ、彼女が薫の囲い者と知ると、

「人より真面目だと偉そうな顔をした奴に限って、人の思いもよらない秘密のたくらみをしていたというわけだ」

と面白がって、夜がふけたころに宇治を訪れ、薫の声色と姿を真似て、浮舟の寝所に入り込み、彼女を犯してしまうのだ。

浮舟は、薫にも匂宮にもあっさり犯されてしまう。

このへんのあっけなさは、彼女が男たちからいかに軽く思われているかを物語っている。

母・中将の君が再三案じていたように、彼ら大貴族は、浮舟のような劣り腹の娘、受領の継子風情、人に囲われる女風情を、人の〝数〟には入れていない。気軽な相手と侮っているのだ。

哀れなのは、母や薫の都合で、あちらこちらに移されて、心ならずも二人の男と寝る羽目になった浮舟である。

相手を匂宮と知った彼女は、異母姉の中の君のことを思うと、延々と泣き続けることしかできない。匂宮は姉の夫だからである。

匂宮も、今後たやすく逢えないことを思うと、泣いてしまう。

翌日は、母・中将の君が、浮舟を石山寺に参詣させようと、迎えに来る予定であった。侍女は、中将の君が来る前に帰るよう匂宮を促すが、

「私はこれまでずっと彼女を思ってすっかり惚《ほう》けてしまったから、人が何と非難しようと知ったことではない」

と動こうとしない。侍女は、浮舟が〝穢れ〟(生理)が始まったゆえ参詣に行けないと、中将の君に言いつくろい、匂宮は浮舟を見れども見れども飽きない、何度愛しあっても満ち足りないと思って、そのこぼれるような愛らしさに溺れる。

が、

〝さるは〟(けれど)

と物語は言う。

「あの対の御方(中の君)よりは劣っている。正妻の大殿の君(夕霧の六の君)の、今を盛りと匂うように美しいあたりに置いたら、比較にならない程度の人なのに、今は最高に気持ちが盛り上がっている時期なので、またとなく可愛く見えるのだ」(〝かの対の御方には劣りなり。大殿の君のさかりににほひたまへるあたりにては、こよなかるべきほどの人を、たぐひなう思さるるほどなれば、また知らずをかしとのみ見たまふ〟)(「浮舟」巻)

なんと残酷な指摘であろう。

今まで『源氏物語』では、男の前に女が二人いた場合、高貴なほうが、女としての魅力は下という設定だった。

桐壺更衣と弘徽殿女御（のちの大后）しかり、紫の上と女三の宮しかり。

ところが浮舟は、身分的にも中の君や六の君に劣る上、女としての魅力も彼女たちに負けている。そもそも彼女は琴さえろくに弾けないのだ。

一方、匂宮の正妻の六の君は、最高の環境で親たちが大事に育てた姫なので、「欠点などない」（「宿木」巻）という設定だ。普通に考えれば、親に認知もされず、文化資本の少ない地方で育った娘より、高い教育水準と親の深い愛情に包まれた高貴な娘のほうが優れているのは当然で、紫式部はここにきて、そんな身も蓋もない現実を読者につきつけてくる。

そして男のほうも、女に夢中だからといって、正妻にまさる扱いをするわけではない。

桐壺更衣に溺れるあまり、弘徽殿女御が「東宮にもこの女の生んだ皇子がつくのでは」と恐れるまでに、更衣を破格に厚遇した桐壺帝や、孤児同然の状態だった紫の上を正妻格として扱った若かりし日の源氏と違って、匂宮は浮舟をしだいに軽く扱うようになる。

はじめは、洗面の介添えをしようとする浮舟に、

「あなたが先にお使いになったら」

と言っていたのに、次に来た時は、女房たちが抗議する間もなく、浮舟を抱き上げ、あらかじめ用意した宇治川の対岸の家へ連れて行き、つららが下がる寒空の下、浮舟の上着を脱がせ、白

い下着ばかり五枚重ねた姿にさせる。そして、いつも見馴れた女たちでもここまでラフな姿は見たことがない、と新鮮に思う。

要するに妻たちにはできない格好を浮舟にさせて興奮しているのだ。

そうして、女房のつける裳《も》をつけさせて、洗面の手伝いをさせながら、

「〝姫宮〟(女一の宮)に〝これ〟を女房として差し上げたら、さぞお気に入りとして大事になさるだろうな」

と考える。

匂宮は姉の女一の宮のもとに仕える上臈女房の新入りなどを口説いては関係を持っていた。

つまり「召人」にしていた。

二度目に逢うころには匂宮にも浮舟の身分が、召人風情と見当がついて、それ相応の扱いをするようになっていたのである。

匂宮の前では生身の女になる浮舟が死を決意するまで

自分をはなから身代わりと見なしているけれど、内心では召人扱いはすまいと考えている薫。

一刻も逢わないでは死んでしまうと言わんばかりに熱愛してくれるけれど、その実、召人にしている匂宮。

……という考えも抱いている。

二人は、誠実だけれどつまらぬ男、不実だけれど面白い男、と言い換えることもできる。

どちらを選べばいいのか……読者の意見も真っ二つに分かれるところだろうが、まして当の浮舟の心は激しく揺れ動いていた。

浮舟は、匂宮の激しい情熱に惹かれながらも、末永く頼みにできそうなのは薫であると感じていた。

だが、読者は気づいている。

薫の前では気後れして、〝ひたみちに恥ぢたる〟(ひたすら恥ずかしがる)だけだった浮舟が、匂宮の前では返歌を詠み、薫に囲われたいきさつを何度も尋ねられると、「とても言えないことをそんなにおっしゃって」(〝え言はぬことを、かうのたまふこそ〟)と恨んでみせる。

今まで人形のようだった浮舟が、匂宮の前では生身の女になっているのだ。

そんな浮舟を久しぶりに見た薫は、「ずいぶん大人びたものだ」と、以前よりも見捨てがたく感じ、京に迎える準備を進める。

浮舟と薫の心は完全にずれている。こうした人の心のすれ違いが頻繁に描かれるのも宇治十帖の特徴である。

かくして、二人の男のあいだで揺れる浮舟をよそに、薫が浮舟を京に迎える日は四月十日と決まる。一方、薫の情報を入手している匂宮も浮舟の隠れ家を用意する。

一体どうすればいいのか……思い悩んだ浮舟は「母のもとにしばらく身を寄せて頭を整理したい」と考えるが、常陸介邸では、あの財産目当ての左近少将と結婚した異父妹の出産予定日が近

づいていた。それでバタついているというので、中将の君のほうが宇治に来る。食欲もなく痩せ細った浮舟の姿に、中将の君は、

「石山寺に行けなかったのだから妊娠ではないわね」

と言う。はしゃぐ乳母を見るにつけても、浮舟は生きた心地もしない。

日が暮れると中将の君は弁の尼を呼び寄せ、話をするうち、亡き大君の話題になる。

「姫君が生きていらしたら殿（薫）と結婚して、宮の奥様となった中の君と互いに交流して、心細かった昔とは比べものにならないほどお幸せになっていたでしょうに」

大君さえ生きていたら浮舟と薫の結婚はなかったかのような弁の尼の言い草に、中将の君は、

〝わがむすめは他人《ことひと》かは〟（私の娘だって大君や中の君と他人なものか）

と思う。

娘だって、中の君や大君と同じ八の宮の子ではないか、と。

自分や娘が八の宮家の人々と近い血筋であるにもかかわらず不当に見下されている……というのは、中将の君の一貫した思いである。彼女は、中の君の奥様然とした暮らしぶりを初めて見た時も思っていた。

〝我も、故北の方には離れたてまつるべき人かは〟

中の君の夫の匂宮の素晴らしさを見た時は、

〝わがむすめも、かやうにてさし並べたらむにはかたはならじかし〟

とも。

自分は亡き八の宮の北の方にとっては他人ではない、娘だって中の君のように高貴な方と並べても見劣りはしない……中将の君には常にそうした強い思いがあった。

〝思ふやうなる宿世のおはしはてば劣らじを〟(このまま思い通りに幸運が続けば、大君や中の君に劣りはしまいに)

と思った彼女は、元同僚で親戚でもある弁の尼に言う。

「〝この君〟(浮舟)が京にお移りになれば、ここに来ることも難しくなるでしょうから、この機会に昔のこともゆっくりお話ししたいものです」

浮舟が薫の妻になって京に迎えられたら、誰がわざわざお前の所になぞ来るものか、というわけだ。すると、

「縁起でもない尼の身で親しくお目にかかったところで何の役にも立つまいと遠慮して今まで姫のいらっしゃるこちらには参りませんでしたが、ここを見捨てて京へお移りになったら心細くなるでしょうね。でもこんなご生活はひたすら心もとなく拝見していましたので嬉しくもございますの。世にまたとなく重々しいお人柄の殿が姫を求めていらしたのは生半可なお気持ちではないはずと、かねがね申し上げていたのはいい加減なことではございませんでしたでしょう」

浮舟が薫と結婚できるのは誰のおかげ? とでも言いたげな弁の尼に、中将の君は、

「先のことは分かりませんけど、今はこうお見捨てにならぬとおっしゃってくださるにつけても、あなた様のお導きのおかげと存じております。宮の奥様が恐縮にもこの君を可愛がって下さったのですが、憚られることがいつの間にかございましたので、居場所のないお身の上と一時は嘆い

ておりまして」

本当ならあんたがいなくても中の君が世話してくれたさ。なにしろ浮舟の実の姉なのだから。ただ匂宮が浮舟を襲うというハプニングがあって、三条の小家へ移り、宇治にも来ることになっただけ。と、言わんばかりの中将の君に、弁の尼は小さく笑って言う。

「その宮が忙しいほどの女好きで、まともな若い女房は働きにくいようで。二条院は全体的には素晴らしい環境ですが、その手のことで奥様に無礼なと思われでもしたら困ると大輔の娘が申していました」

匂宮はよく女房に手を出すらしい。あんたの娘も女房と間違えられたのさ。女房並みってことかねぇ。それに中の君に可愛がられたようなこと言うけど、憎まれてるかもよ？

弁の尼と中将の君はさすがに元女房だけあって、嫌味な会話をさせると、中の君などの女君たちは足元にも及ばぬ迫力がある。紫式部も宮廷でこのような女房たちの丁々発止の会話を聞いていたのだろう。

だとしても、『源氏物語』も遠くにきたものではないか。

源氏の物語の前半で描かれる女房……とくに女主人付きの召人は、主人の気持ちを代弁する、忠実な召使に過ぎなかった。

それが元召人の中将の君の、ふてぶてしさと俗っぽさ。

対する弁の尼の、とげとげしさ。

弁の尼の挑発的なセリフに対して、中将の君は言う。

「まぁ怖いこと。殿はミカドのお嬢様を奥様にお持ちだけれど、この奥様は私どもにとっては他人ですから、良くも悪くもどうなっても仕方がないと、畏れ多くも考えるようにしています。でも、宮の奥様は他人じゃございませんから、この君が良からぬことをなさったら、どんなに我が身にとって悲しくつらくても、二度とお顔を見ることはなかったでしょう」

浮舟と、大君や中の君は父を同じくする姉妹。

「他人じゃない」

「劣りはしない」

と強く考えている中将の君は、薫の正妻の女二の宮にはどう思われても仕方がないが、匂宮の妻・中の君の嫉妬を買うようなことは決してさせない、していたらどんなに可愛い娘でも二度と会わないとまで言う。

ここには中将の君の「嫉妬」や「階級」に対する考え方がよく表れている。

近い関係ほど嫉妬も強いということで、それは中将の君が、いとこの中の君やオバである八の宮の北の方といった人たちへ抱く自身の感情に基づいた理屈である。

弁の尼と中将の君がここまで激しくやり合うのもこの理屈ゆえ。

二人が親戚同士だからだろう。

中将の君は八の宮の北の方の姪、弁の尼は北の方のいとこに当たる。中将の君の親が北の方の兄弟姉妹のいずれであるかは明らかではないが、弁の尼は中将の君を〝離れぬ仲らひ〟(遠くない間柄。縁続き)と語っていた(「宿木」巻)。

そんな親戚同士の二人は、仕える時期は違っていても、共に八の宮家の女房だった。同じ立場だったのが、中将の君は八の宮の召人となり、その娘が今、薫という大貴族の妻の一人になろうとしている。そのことに弁の尼は複雑な感情を抱いたに違いない。

同じ親戚でもはなから八の宮の正妻だった北の方より、女房として仕えていた……要は同等の立場だった中将の君の関係者が出世することが何となく割り切れないし、祝福できない。結局のところ、妬ましいのである。

『源氏物語』は冒頭で、

〝同じほど、それより下臈の更衣たちは、ましてやすからず〟

と語っていたものだ。その「嫉妬の法則」が作用しているのだ。

一方の中将の君にしても、浮舟と薫の結婚を前にして、「大君さえ生きていれば」などと語る弁の尼は、冷酷な八の宮家の最も手近な一員にしか見えなかったろう。

そんな中、ひたすら哀れなのは浮舟である。

母の期待を一身に受け、母の意向で異母姉・大君の「身代わり」として薫の愛人になった浮舟は、心ならずも匂宮に犯された。のちには惹かれるようになったとはいえ、匂宮と関係したのは彼女の意志ではない。それどころか薫との関係ですら彼女の望んだことでない。にもかかわらず、中の君の夫の匂宮と関係していたら、母は見捨てると言う。そのことばを聞いた浮舟は、

〝いとど心肝《こころぎも》もつぶれぬ〟（ますます心もつぶれた）

という状態になり、

〝なほ、わが身を失ひてばや〟（やはり死んでしまいたい）

と追いつめられる。

折しも、匂宮と浮舟との関係が薫の知るところとなって、薫から浮舟をなじる手紙が届く。

薫が宇治の警護を強める中、浮舟の侍女は、自分の姉を巡って二人の男が争って、殺人事件が起きたという東国の話を語る。その話を聞いた浮舟は、「もしも二人のあいだによからぬことが起きたら」と不安を覚える。そして、

「なんとかして死にたい（〝いかで死なばや〟）。ほんとにめったにない情けない身の上だわ。こんなつらい目にあう例は下衆なんかの中にだって、そうそうありはしないだろうに」

と思いつめ、宇治川に身を投げてしまうのだ。

第十章　男の嫉妬と階級　少子・子無し・結婚拒否という女の選択

殺人につながった男の〝ねたみ〟

『源氏物語』にはさまざまな嫉妬が描かれてきた。上流女による格下女への嫉妬、同クラスの女同士の激しい嫉妬、生き霊となったり夫に灰を浴びせたり、その形にもバリエーションがあった。

男の嫉妬も描かれている。

柏木は、源氏の正妻・女三の宮に恋するあまり、〝なまゆがむ心〟（妙に歪んだ気持ち）を抱いていたし、源氏にしても、宮と柏木の関係を知ると、

「年を取ると酔い泣きというのが抑えられないものだね。衛門督（柏木）が目ざとく見つけて苦笑しているのがほんとに恥ずかしいよ。だが、その若さもあと少しのことさ。逆さまには流れないのが年月よ。誰しも老いは逃れられないのだ」

と、柏木の若さに嫉妬して、彼を衰弱死に追い込んでいる（「若菜下」巻）。

『源氏物語』に描かれてきた女の嫉妬は、時に相手を死に追いやることが桐壺更衣や夕顔、葵の

上のケースでは描かれてきたが、男の嫉妬もまた、相手を死に至らしめる場合があった。

とはいえ、それらは間接的なものだったのだが、宇治十帖も終盤に至ると、嫉妬から殺人を犯した男の例が登場する。

それは、浮舟と匂宮との関係が、薫の知るところとなって、浮舟が苦悩していた時のこと。浮舟に、侍女の右近がこんな話をして聞かせた。

「この右近の姉が常陸で二人の男とつき合っていたのですが、身分の違いはあるけれど、まさに今回と同じなんですよ。どちらの男も劣らず姉のことが好きで、思い惑っていたんですが、〝女〟は新しい男のほうに心が傾いたんです。それをもとの男が〝ねたみて〟とうとう新しい男を殺してしまったんですね。それでもう姉のところには通って来なくなってしまいました」

と。殺した男は国外に追放されて、「すべては女がいけないのだ」ということで、姉は国守の屋敷を追い出され、そのまま東国の人になってしまった、と右近は言い、さらにつけ加える。

「縁起でもない話のようではありますが、身分の上下に関係なく、この手のことでお心を悩ますのは、ほんとにいけないことです。お命まではともかく、〝御ほどほど〟(それぞれのご身分)に応じてこういうことがあるものです。死にまさる恥も、高貴な方のお身の上にはかえってあるものです」

それで、薫か匂宮のどちらか一人に決めよ、匂宮も薫より気持ちが深くて、本気でおっしゃって下さっているなら、そちらになびいて、くよくよ心を悩ませるなと諭したのであった。

しかしこの話は、浮舟を追いつめこそすれ、癒やすことはみじんもなかった。

男の〝ねたみ〟が殺人事件につながった、それも身近に召し使う侍女の身内で起きていた……。浮舟は震え上がった。

「確かに、よからぬ事件でも起きたら、その時は……」と考え込んだ末、

〝まろは、いかで死なばや〟(私はどうにかして死にたい)

と、死を決意する(「浮舟」巻)。

注目すべきは、浮舟が匂宮に惹かれているのでは……と侍女たちが考えて、進言していることに対し、浮舟がこう思っていたことだ。

〝心地にはいづれとも思はず〟(私の気持ちとしては、別にどちらをと思っているわけでもない)と。

ただ匂宮の情熱を、なぜこんなにも……と思う一方で、頼みにしてきた薫とも別れるつもりになれないから悩んでいるのに、と。

そう思いながらも、苛烈な東国の事件を聞いた浮舟は、自分のせいで薫と匂宮にもしものことがあっては……とおびえ、「こんなつらい目にあう例は下衆の中にだってめったにあるまい」と思い、宇治川の流れに身を委ねたのであった。

大貴族の嫉妬の形とは

こうして物語から浮舟は消える。

その死を知った男たちはどうしたか。

浮舟を寝取られた薫は悲しみに加え、匂宮に対して怒りに似た感情を抱いた。

そもそも二人の関係を知った時、薫は思っていたものだ。

「知らない仲ならそういう浮気なことをなさるのも分かるが、宮とは昔から隔てなくつき合って、対の御方（中の君）の時だって、異常なくらい親身に手引きして協力して差し上げたのに、よりによってそんな私に対して後ろ暗いことを思いついていいものか」

と、匂宮に対して〝いと心づきなし〟（実に不快だ）という気持ちになった。

そして浮舟に対しても、

「可憐でおっとりしているように見えて、色めいたところはある人だったのだ。この宮の〝御具〟（添え物。お相手）としては実にお似合いだ」

と、いっそ宮に譲ってしまおうかとまで思うものの、

「もともと大事にしていた女ならともかく、そうじゃないんだから、やはりこのまま囲い者として置いておこう、これっきり逢わないのもそれはそれで恋しかろう」

と、考えていた。一方では、もしも浮舟が匂宮と一緒になったら、いずれ宮の姉の女一の宮のもとに出仕するようなことになろう、それはそれで可哀想だ、とも。

そんなふうに思っていたところが、浮舟はあっけなく死んでしまった。匂宮、次いで薫がその事実を知り、匂宮のほうは正気をなくして寝込んでしまう。

それを世間では物の怪の病のように言って騒いでいたが、ピンときた薫は悲しみの中にも、

「もしも浮舟が生きていたら、私にとっても愚かしい事態になったかもしれない」と思うと、焦がれる気持ちも少し冷める心地がした。

しかし、誰も彼もが匂宮の見舞いに行かぬ者はないという状況の中、自分だけが〝ことごとしき際《きは》ならぬ思ひ〟（大した身分でもない女への思い）のために引きこもって、参上しないのもひねくれているみたいだろう」と考えて、匂宮の見舞いに参上する。

寝取られ男が、寝取った男を、世間体を考え、のこのこ見舞いに行ったのである。

そうして世間話をかわすうちに、やはり黙っていられなくなって、薫は浮舟の話を切り出す。亡き大君の代わりに宇治に女を置いていたが、彼女も自分一人を頼みにしているわけではなかった。けれど、〝やむごとなく、ものものしき筋〟（大事な重々しい妻）と考えているならともかく、ただ逢うだけなら不都合もあるまいとつき合っていた。その女が死んでしまった、宮もお聞き及びのこともあろう……。などと、話しているうちに、とうとう薫も泣いてしまう。

匂宮は、薫がいつになく取り乱した様子なのを、痛々しく思いながらも、素知らぬふりをして、

「ほんとに胸の詰まることで。昨日ちらりと聞きました。どんなにお悲しみかとお見舞いしようと思いながら、あえて人には隠していらしたことと聞いておりましたので」

と、それ以上喋るとこらえ切れそうにないので、ことば少なに答えた。

すると薫は言ったのである。

〝さる方にても御覧ぜさせばや、と思ひたまへし人になん〟（「蜻蛉」巻）

あなたにも、そういうお相手として、お目にかけたいと思っていた人なのでして……と。

「しかし自然と御覧になることもあったでしょうか。二条院にも出入りする縁故もございましたから」

と、少しずつ当てこすって、席を立ったのだった。

変わらない男たち

ここには、寝取られ男の嫉妬と負け惜しみがある。

「私にとって大事でも何でもない、ただ時折目を掛けるだけ、ヤルだけの女だった。いずれあなたにも回して差し上げようと思っていたけれど、まぁもうヤってしまいましたかね。私が知らないと思ったら大間違いだ」という、精一杯の嫌味がある。

だとしても、どこまでも階級意識に満ちた負け惜しみではないか。

帰宅した薫は、「これほど宮に思われていたとは。してみると浮舟の運勢は大したものだったのだ」と見直し、「私だって、時のミカドの姫君を妻に持ちながら、この人を可愛く思う気持ちは劣りはしなかった」と思う。薫の気持ちには常に階級意識と、匂宮への対抗意識がこびりついて離れないのである。

その後の二人の男たちは、浮舟を悼んで悲しみながらも、徐々に自分の日常を取り戻していく。

匂宮は、落ちぶれて姉・女一の宮に仕える女房となった親王の娘に熱を上げ、薫のほうも、彼女に浮舟の面影を重ねながらも、女房たちが自分にはよそよそしく、匂宮には打ち解けているのを〝口惜し〟く思う。

「宮が打ち込んでいる女を口説き落として、私が味わったように、穏やかならぬ気持ちだけでも宮に味わわせてやりたい」

とも。そして、女一の宮に憧れながら、

〝わが母宮も劣りたまふべき人かは。后腹と聞こゆばかりの隔てこそあれ、帝々《みかどみかど》の思しかしづきたるさま、異事《ことごと》ならざりけるを〟（我が母・女二の宮も、女一の宮に劣るご身分だろうか。女一の宮のほうは后腹というだけの違いこそあれ、それぞれミカドが大事に可愛がっていらしたことは変わらないのに）

と、自分の母の身分は女一の宮には劣らぬと考え、

〝まして、並べて持ちたてまつらば〟（妻の女二の宮だけでなく、女一の宮と、二人並べて我が物にできたら）

と夢想する。

〝いと難きや〟（とても無理な話よ）（「蜻蛉」巻）

という作者の突っ込みが入るのは当然だ。

自分が源氏のタネではない、権大納言で終わった柏木を実父と知る薫は、実父にまつわる劣等感があった。彼の階級的な拠り所は、必然的に母が皇女であるという一点に集約される。母の身分がものを言う当時にあっても、薫は人一倍、母の身分を気にする男として描かれている。

要するに、浮舟が死んでも、男たちは変わらなかったのである。

東国の男たちと同じように三角関係になっても、大貴族の男たちに、殺人は起きなかった。それは、女の身分が男たちと対等ではなかったからということも大きい。彼らにとって浮舟は、母の身分の低い、〝ことごとしき際ならぬ〟女であり、彼女と比較の対象になるのは、落ちぶれて女房として出仕するような女であった。

もちろん、浮舟を寝取られた薫が匂宮に同じ思いを味わわせたいと思ったり、匂宮にしても、浮舟を囲う薫を妬ましく思ったことも、恋の最中にはあった。

しかし、そもそも大貴族の彼らが、これほど格下の女を巡って、殺し合いなど起こすはずもなかったのである。

生きていても〝不用の人〟という自意識

このように、劣り腹の浮舟が死んでも、寝取られた薫、寝取った匂宮ともども、基本的には何も変わらなかった……ということを、作者は念押ししたあと、「手習」巻に至ると、驚きの事実を明かす。

宇治の屋敷から失踪し、死んだと思われていた浮舟は、実は生きていた。宇治川のほとりの宇治院の木の根元に身を寄せて泣いていた。それを、横川の僧都という高僧に偶然見出され、助けられていたのである。

ここで読者は、今まで決して明かされることのなかった浮舟の自己評価の低さに驚かされることになる。

瀕死の浮舟は記憶をなくしており、読者にもまだその正体は明かされないが、雨の激しく降るシーンが浮舟失踪当時の天候と一致することなどから、しだいに解き明かされていくミステリー仕立てである。そんな中、僧都の妹尼によって必死の看病を受ける浮舟は、

「私は生きのびても、つまらぬ〝不用の人〟(不必要な人間)です。人に見せずに、夜、この川に投げ入れて」(「手習」巻)

と言うばかり。妹尼の頼みで、横川の僧都は彼女に憑いていた物の怪を退け、浮舟はやがて記憶を取り戻すものの、それにつけても、

「尼にしてください。でなければ生きていけません」

とせがむ。立ち寄った僧都にも、

「やはり尼にしてください。生きていても、世間並みには生きていけない身なのです」

と繰り返すので、

「これほどの容姿なのに、なぜ〝身をいとはしく〟思いはじめたのか」

と、僧都は不思議がった。

これほどまでに優れた容姿と有様なのに、我が身を〝不用の人〟とする浮舟の自己評価の低さに驚いたのだ。

母・中将の君に〝撫で〟るように大事にかしずかれ、気丈な乳母という味方もいながら、浮舟はなぜここまでどん底の心理になったのか。

薫と匂宮という男二人の板挟みになって「死にたい」と思うまでは分かるが、〝不用の人〟とまで思いつめるほど低い自己評価はどこからくるのだろう。

浮舟は「尼にしてほしい」と僧都に懇願する際、こう言っている。

「幼いころから悩みの絶えない有様で、親なども『尼にしてしまおうか』などと考え、口にも出していました。まして少し物心ついてからは、普通の人のようでなく、せめて来世だけでも安楽にと思う気持ちが深うございました」

浮舟の感情は最初のうちはほとんど描かれることはなく、出家願望があったことは物語で触れられたことはない。

ただ、確かに母の中将の君は、中の君に言っていた。

「私が死んでしまったあとは、この子が思いも寄らない状態で落ちぶれてしまうのではと悲しくて、尼にして深い山にでも住まわせて、世間並みの結婚も諦めてしまおうかなどと、思案に余ったあげくは、そんな気持ちになっております」

そう言って中の君に浮舟を託したあと、浮舟が匂宮に女房と間違えられ、犯されそうになったと知ると、

「深い山にというかねてからの思いは固く守るべきでしたのに」

と言って、中の君から引き離していた。

「同じ我が子でも、この子は容姿も雰囲気も格別だから、これからも理想は高く持たねば」

「我が娘は並みの人と結婚させるには惜しい容姿なのに」

中の君の奥様然とした様子を見て以来、娘に極上の結婚を望むようになっていた中将の君だが、それが叶わなければ出家させようというのも、一つの本音だった。

「理想の結婚ができないなら尼に」

というわけで、all or nothing 的な、この親の思考回路には既視感がある。

「高貴な男と結婚できないくらいなら海に飛び込んでしまえ」

と常々、娘の明石の君に言い聞かせていた明石の入道のそれに似ているのだ。


同じ受領の娘でも、音楽の腕前は貴人を超える神業レベル、紫の上にも一目置かれ、娘・明石の中宮（匂宮や女一の宮の母）の後見役を見事に果たした明石の君と、いつも母の陰にいて、男二人のあいだで揺れ動く頼りなげな浮舟は、一見、正反対である。

けれど実は、二人は表裏一体ではないか。

二人は共に、親からその身分にそぐわぬ「過大」と思えるまでの期待をされている。

明石の君は両親も揃い、親の期待に応えられるだけの資質を持っていたからいいものの、もしも親のどちらかが欠けていて、本人の資質も頼りないものであったとしたら……浮舟のように、男の慰み者になって、自殺に追い込まれていたかもしれないし、「居場所がない」「死にたい」と思ったかもしれない。

子の人生における選択肢を狭め、その人生を生きにくくさせているという点で、彼らの親は今でいう「毒親」だ。娘を天皇家に入内させ、生まれた皇子の後見役として繁栄していた、つまり「娘の性」を政治の具にしていた当時の大貴族は、今なら全員、毒親ということになる。現代の価値観で昔の社会規範を切ることについては批判もあろうが、そもそも昔の正確な社会規範など、現代人には分からないのである。あとから見ればあれはセクハラだった、性虐待だったと分かることはよくあることで、『源氏物語』にもそうした虐待がそれと名づけられずに描かれている。そして虐待を受けた側は、源氏に初めて犯された時、嫌悪して泣き暮らした紫の上といい、親の期待に押しつぶされて「生きていても不用の人」と絶望した浮舟といい、『源氏物語』では、「ちゃんと」傷ついている。まっとうな反応をしているのだ。だからこそリアルであり、現代人の心にも響くのである。

話を明石の君に戻すと、彼女は当初、父・入道が望む源氏との結婚などは〝いとはるか〟(自分にはまったく遠いもの)と考えていた。それで源氏の手紙にも返事をせず、入道に手引きをされた源氏が寝所に侵入しても、簡単にゆるそうとはしないので、源氏に、

〝こよなうも人めきたるかな〟(なんとも一人前ぶっているではないか)

とまで思われていた(「明石」巻)。源氏は明石の君を人の数には入れていなかったのである。けれど逢ってみたら、源氏の知る最高の貴婦人の六条御息所に気配が似るほどの品があり、出産

後もその優美さは〝皇女〟と言っても差し支えないほど（「松風」巻）と物語で称えられた。

これほどまでに優れた人柄でも、受領の子というだけで、明石の君は実の娘を紫の上の養女として差し出し、娘が東宮妃となってその後見役となる日まで、日陰の身に甘んじるよりほかなかったのである。

身分がすべてに優先される「階級地獄」ともいうべき当時の現実が、そこにはある。

そんな世界では、引っ込み思案で、琴もろくに弾けない浮舟が、薫や匂宮と夫婦生活を続けたとしても、惨めな目にあうことは目に見えている。

そもそも、匂宮との密通を薫に知られた浮舟は、母の期待する「極上の結婚」ができなくなってしまっていた。母の期待に応えられないと思いつめた彼女が、わが身を〝不用の人〟と思っても無理はない。

自分は要らない……そう思った浮舟が、死を選んだのは、至極、必然的なのだ。

そして死ねなかった彼女が、出家を選んだのも同じく必然的であった。

「私の亡きあと、この子が落ちぶれてしまうのではと悲しくて、ならばいっそ尼にして深い山にでも住まわせよう」

母はそんなふうに口にしていたのだから。

死に損なった浮舟には、もはや出家しか残されていなかったのである。

しかも浮舟を助けた僧都の妹尼は、浮舟を亡き娘が〝かへりおはしたる〟（生きて帰って来た）と見なしており、浮舟と娘婿を結婚させたいという願望を抱いていた。ここでも浮舟は誰かの

のだ。
と、男は不快になった。こんな田舎の僧庵にこもっている正体不明の女のくせに……と侮った
〝所のさまにあはずすさまじ〟（こんな場所柄に似合わず、興ざめだ）
めんである。すげない態度を取り続けていると、
「身代わり」にされようとしていた。浮舟にしてみたら、これ以上、男のことで苦労するのはご

またしても男の侮蔑混じりの欲望に巻き込まれそうになった浮舟は、〝身のうさ〟を思い、妹尼が寺社参詣に出かけている隙に、たまたま立ち寄った僧都に懇願して尼にしてもらう。

それまで〝あやしきまで言少なに、おぼおぼとのみものしたまひて〟（異常なまでにことば少なで、いつもぼんやり頼りない一方でいらして）と描かれてきた浮舟が、知る人もない世界で、「尼にしてほしい」と意思表示して、「今夜は参内するので、宮廷での祈禱が終わってから」と先延ばししようとする僧都に、

「気分が悪かったのがますます苦しくなってきました。これ以上悪化したら、戒を授けて頂いても無意味になるかもしれません」

と、激しく泣いて自己主張する。そうしてやっと念願の出家……あの優れた紫の上でさえ、望んでも遂げられなかった出家を果たすのである。

『源氏物語』ではこれまでも多くの女たちが出家してきた。

男関係に悩んだり、絶望したりして、結婚から逃れるために、尼になるという手段を取ってきた。

藤壺は夫・桐壺院の死後、迫る源氏から逃れるために誰にも相談せずに出家したし、朧月夜は夫・朱雀院の出家後、久方ぶりに源氏と再会するものの、念願の出家を果たし、源氏の手の届かぬ人となる。

朝顔の姫君は六条御息所（彼女も死の間際に出家した）の二の舞になるまいと未婚を貫き尼になった。

源氏以外に頼る人のいない紫の上は、こうした女たちを〝うらやましく〟思っていたものだ（「若菜下」巻）。

紫の上に心身共に劣ると思われていた女三の宮も、源氏の嫌味な態度に嫌気が差して、薫を出産後、父・朱雀院にすがって出家を果たしている。

『源氏物語』の出家は、「私はもう結婚や世間に縛られた不自由な暮らしから一抜けたする」という女たちの宣言なのである。

尼になった藤壺が我が子・冷泉帝のために、前斎宮（秋好中宮）の入内を源氏と画策するなど、かえって自由に振る舞っていたのを皮切りに、物語が進むにつれ、女たちは我も我もと出家して、自分を縛るものから自由になっては物語から退場していく。『源氏物語』における出家は、いわば千年前の Me Too 運動とも言える。

「私も男ではえらい苦労した。もう性愛絡みで男とつき合うのはやめにした」という宣言なのだ。

浮舟もまた、男関係に悩み、母の期待に応えられない自分は〝不用の人〟であるという絶望から死を選んだ。しかし死にきれず、懇願して出家を果たした。

結果、彼女はどうなったか。

「気が楽になった。これで俗世で生きなければと思わなくて済むようになったことが本当にありがたいと、胸が晴れる心地がした」（〝心やすくうれし。世に経《ふ》べきものとは思ひかけずなりぬるこそは、いとめでたきことなれと、胸のあきたる心地したまひける〟）（「手習」巻）

と物語は言う。

〝世に経〟るとは、具体的には世間並みの女として結婚することを指す。

〝世に経べき〟とはつまり「結婚せねばならぬ」ということで、浮舟は出家したことによって、結婚しなければと思わずに済む……それこそが最も嬉しく、気楽になった、胸が晴れたと言う。

ここで浮舟が「結婚しないで済む」ではなく「結婚しなければならないと思わなくて済む」と考えていることに注意したい。

浮舟は死を決意する直前、

「私の気持ちとしては、別にどちら（の男）をと思っているわけでもない」

と考えていた。匂宮にしても薫にしても自ら選んだ男ではない。

彼女は一度たりとも、結婚を自ら望んだことなどなかったのである。

しかるに『源氏物語』の結婚は、上にも下にも階級移動の可能性を開く大きな要因として描かれてきた。

父・衛門督が死に、受領の後妻となった空蟬は、源氏に迫られると、「こんな情けない身の程に定まる前の、昔ながらの身でお情けを受けられればともかく」と嘆いたものだし、明石の入道は、娘の明石の君に都の高貴な男との結婚を望み、一門の再興を夢見ていた。

浮舟も、母・中将の君に、

「何とかして、ほかの子どもたちの中でもひときわ晴れがましい身分に縁づけてやりたい」(「東屋」巻)

と期待され続けていた。

けれど、出家した今はもうそんなプレッシャーはない。

ここに至って、彼女が男と関わったのはひとえに高貴な男との結婚を望む親のためで、自分自身はまったく結婚など望んでいなかったことが明らかになる。その浮舟の思いは、親の野心のために源氏と結婚させられた明石の君や、拉致同然に源氏に引き取られ、なし崩し的に妻となった紫の上、あるいは後見役という名目で親ほども年上の源氏と結婚させられた女三の宮、そして物語最初のヒロインである桐壺更衣、ひいては当時の政治のコマとされた現実の姫君たちにも重なるはずだ。

嫉妬や階級意識に苦しんだ彼女たちであったが、自ら望んで結婚した女はというと、現実の貴族女性には……天皇家に入内する大貴族の娘はとくに……ほとんどいないからである。

少子・子無しへの志向

嫉妬はさておき、階級にまつわる苦しみを再生産せず、女子のプレッシャーを取り除くためには、結婚しない、結婚しても子を作らないという方法が一番だ。

そのような目で見ると、『源氏物語』の主要な女君たちが、結婚していたとしても子どもがないか、いても多くは一人ということに気づく。

以下に『源氏物語』の主要女君の生んだ子の数をまとめてみた。

出家者は太字	子の数
（桐壺帝の妻）	
桐壺更衣	1
弘徽殿大后	3
藤壺	1（実父は源氏）
（源氏の妻や恋人）	
葵の上	1
空蝉（夫は伊予介）	0

六条御息所（夫は前坊）　1（父は前坊）
夕顔（夫は頭中将）　1（父は頭中将）
末摘花　0
朧月夜（夫は朱雀帝）　0
紫の上　0
　再三の出家の願いを源氏の反対で果たせず
花散里　0
朝顔の姫君（未婚）　0
明石の君　1
女三の宮　1（実父は柏木）
（冷泉帝の妻）
秋好中宮　0
弘徽殿女御　1
（鬚黒大将の妻）
鬚黒の北の方　3
玉鬘　5

出家を思い立つも息子たちに妨害され果たせず

（夕霧の妻）

雲居雁　7

藤典侍《とうないしのすけ》　5

落葉の宮　0

（今上帝の妻）

明石の中宮　5

（宇治十帖の女たち）

大君（未婚）　0

受戒を望むも侍女たちに妨害され果たせず

中の君（匂宮の妻）　1

浮舟（薫の愛人、匂宮の恋人）　0

見ての通り、主人公の源氏の子からして三人という少なさである。世間的には、夕霧、明石の中宮、薫の三人。薫の実父は柏木だが、冷泉帝の実父は源氏なので、いずれにしても三人だ。

源氏の妻や恋人が何人もいたことを思うと、これは異例の少なさで、源氏自身も「自分は子が少ない」と自覚しているという設定だ（「玉鬘」巻）。

源氏の妻や恋人の子の数の少なさにはさらに驚かされる。

源氏の妻は、葵の上、紫の上、明石の君、花散里、末摘花、女三の宮だが、このうち生涯、子を生まなかった人が六人中三人、子の数が一人という人が六人中三人。つまり源氏の妻の平均出産数は〇・五人である。

源氏の恋人は空蟬、六条御息所、夕顔、朧月夜で、源氏の熱愛した藤壺や、執心した朝顔の姫君も入れると、生涯、子を生まなかった人が六人中三人、子の数が一人という人が六人中三人で、平均出産数はやはり〇・五人だ。

これを、源氏以外の登場人物と比べてみると、ライバルで親友の頭中将（内大臣）は物語で分かるだけでも六人の子がいる。源氏の子である夕霧は、正妻の雲居雁に七人、召人的な存在である藤典侍に五人、妻の落葉の宮（女二の宮）〇人と、十二人の子沢山だ。

源氏のモデルの一人と言われる藤原道長が、二人の北の方である源倫子や源明子とのあいだにそれぞれ六人ずつ、源重光女とのあいだに一人、計十三人の子をもうけていることと比べても、源氏やその妻や恋人の子どもの数がいかに少なく設定されているかが分かる。

右肩下がりの時代、「不自由な女」の辿り着いた場所

『源氏物語』の世界が、現代顔負けの少子社会であることに驚いた人も多いのではないか。なぜこんなにも『源氏物語』は、少子・子無しを志向するのか。

作者の紫式部が一人しか子を生んでいなかったとか、物語を煩雑にしないためということもあるだろう。しかしそれ以上に、先にも指摘した「結婚拒否」の思想があったからではないか。娘を天皇家に入内させ、生まれた皇子の後見役として一族が繁栄していた当時、政治の具にされる娘のプレッシャーは甚大なものがあったことはすでに触れた（→第二章）。『源氏物語』に少子・子無しの女、独身を志向する女が多いのは、そうした当時の政治が生んだひずみへの批判と抵抗が、無意識にせよ、にじんでいるのではないか。「少子・子無し」は、いわば現状不満への一つの抵抗の形なのである。

仏教思想の影響も大きかろう。『源氏物語』には、

「すべてのことが昔よりも劣化気味で、浅薄になっていく末世」（〃よろづの事、昔には劣りざまに、浅くなりゆく世の末〃）（「梅枝」巻）

ということばがある。

当時の貴族社会では、だんだん世の中が衰えていくという末法《まっぽう》思想が流行しつつあった。末法とは仏教用語で、仏の教えと修行と悟りが備わった正法《しょうぼう》、教えと修行はあるが悟りのない像法《ぞうぼう》、教えだけがある末法の三つの時代があり、一〇五二年が末法の世に入る年と考えられていた。

道長のころ、つまりは紫式部の時代に、頂点を迎えた貴族政治ではあったが、その数十年前には平将門の乱があり、道長の生存中にも、九州では刀伊《とい》の入寇などがあり、次第に力がものを言う時代に移りつつあった。貴族社会の頂点は、その権勢に陰りの見えてきた時代でもあった。

だんだん世の中が衰えていく、右肩下がりの世に、末法思想が受け入れられたのは自然なことだ。

『源氏物語』は、こうした末法思想を含めた当時の仏教思想に影響を受けながら書かれた。

先の一覧を見て頂ければ分かるように、『源氏物語』の主要な女君は、不慮の死を遂げた例などを除くと、必ずといっていいほど出家を志向し、源氏や朱雀院などの男君も最終的には出家している。

末法思想が貴族社会に広まっていたにしても、『源氏物語』は出家物語と言えるほど出家への傾倒が強い。

そんな中、正編のヒロインである紫の上、正編のうち「玉鬘」巻から「真木柱」巻を「玉鬘十帖」と呼ぶ場合もあるほどヒロイン度の強い玉鬘、宇治十帖の最初のヒロインともいえる大君が、出家を望みながら果たせなかったことにも注目したい。

ここから透けて見えるのは、最後まで思い通りに身を処せない女の「不自由」……それこそが、紫式部の描きたかったことの一つであるということだ。

こうした女たちの「不自由」は、紫式部の歌の一節を思い起こさせる。『紫式部集』には、「思い通りにならない身の上だと嘆くことが、だんだん日常化してきて、ひどい状態になっているのを思って」(〝身を思はずなりと嘆くことの、やうやうなのめに、ひたぶるのさまなるを思ひける〟)という詞書のこんな歌がある。

〝数ならぬ心に身をばまかせねど身にしたがふは心なりけり〟(人の数にも入らぬ心のままに我が身の上はならないけれど、その身の上に支配されていくのは心のほうなのだった)

〝心だにいかなる身にかかなふらむ思ひ知れども思ひ知られず〟(せめて心だけでも、どんな身の上になれば満足するのだろう。どんな身の上になっても満足できないことは思い知ってはいるけれど、諦めきれない)

詞書の〝やうやうなのめに〟の解釈には、「だんだん日常化してきて」と「だんだん薄らいできて」という二説があるが、いずれにしても、身の不自由を嘆く紫式部の、息づまるような心の様が伝わってくる。

そんな紫式部が『源氏物語』で描いた、我が身を心のままにできない「不自由」の権化が、腹ランク最低の女、はなから「身代わりの女」として登場した浮舟だ。

もとより父に認知されなかった彼女は、異母姉にも男にも母にも、誰かの「身代わり」として振る舞うことを期待され、物語では人形の如く感情を描かれることがなかった。我が身を心のままにできず、〝形代〟としてのみ有用とされていた彼女が、異母姉の夫・匂宮と関係し、頼みの母にまで見捨てられてしまうと考えた時、我が身を〝不用の人〟と絶望したのも無理はない。そして、彼女の身を縛るすべてのしがらみから逃れた世界で出家した時、胸の晴れる思いがしたことも。

先に引いたように、平安中期の醍醐から後朱雀までの十人の天皇のキサキのうち、初産年齢がわかる十四人について調べたところ、初めて皇子女を生んだ時の平均年齢は「二十一・四歳」であるという（倉本一宏『一条天皇』）。

二十二歳前後という、当時の出産に最も適していたであろう年齢で、家族とも男とも離れた場所で、結婚を拒み出家の意志を貫いた浮舟は、嫉妬と階級の再生産をひとまず食い止め、紫の上や玉鬘、大君、そして嫉妬と階級に苦しむ現実世界の多くの女たちが得られなかった心の平安を得た。

この、不自由な女の辿り着いた場所は、『源氏物語』の世界と同様、右肩下がりの少子社会、嫉妬が渦巻き、階級格差と、毒親・毒家族のひずみ、紛争問題や経済不安など、末世的な不安の広がる現代日本に生きる私たちにも、いずれ見馴れた光景になるかもしれない。

桐壺更衣の本音

最後に、物語最初のヒロイン桐壺更衣の気持ちに戻ろう。

登場してじきに死んでしまった彼女の気持ちは、物語にほとんど描かれることはない。ミカドの寵愛の激しさによって、周囲のいじめにあって困惑し、衰弱する様が描かれるだけで、一体、彼女が何を思っているかは描かれることはないのだ。唯一、更衣が自身の気持ちを吐露したのは、遺言ともいえる歌においてであった。更衣は、

〝かぎりとて別るる道の悲しきにいかまほしきは命なりけり〟

「定めだからと別れる道を行くのが悲しい。私の行きたいのは死出の道ではなく、生きる道だったのです」

とうたい、

〝いとかく思ひたまへましかば〟

「こうなると分かっていましたら」

と付け加えた。

更衣はもっと申し上げたいことがありそうだったが、息も絶え絶えとなって、とても苦しげなので、ミカドはそのまま最期を見届けたいと考えた。けれど、内裏で死者を出すことは御法度であり、更衣の実家側でも家で祈禱をしたいというので、それが終《つい》の別れとなった。

つまりは、「もっと生きていたかった」というのが更衣の唯一の自己主張なのである。

問題は、「こうなると分かっていましたら」の先で、彼女はどうしたかったのか。日本古典文学全集の注は、

「なまじ帝のご寵愛をいただかなければよかったろうに、などの続く言葉を更衣が言いおおせなかった」(『源氏物語』一)

と解釈している。

本当のところは謎で、作者は読者の想像に委ねて、はっきりとしたことは言わない。

ここは、読み手の数だけ答があって良かろうと言いたいところだが、『源氏物語』を読み進め

ていくと、やはりそれは、日本古典文学全集の注の言う通りであろうと思う。

そもそも彼女は、入内したかったのか。

更衣死後、弔問に訪れたミカドの使いに、更衣の母は、

「娘は生まれた時から私どもが望みをかけていた人でして、故大納言がいまわの際まで、ただ『この人の宮仕えの〝本意《ほい》〟（宿願）を必ず遂げさせて差し上げなさい。私が死んだからといって諦めるような残念なことはするな』と繰り返し念を押しておりました」

と言っており、入内は更衣自身の〝本意〟であるかのような口ぶりだった。

しかし〝生《む》まれし時より、思ふ心ありし人〟（生まれた時から私どもが望みをかけていた人）というのは、誕生時から両親に入内を期待されていたことを意味し、終始受け身な更衣の姿勢からしても、入内は親の期待によってなされたものであることは明らかだ。

桐壺更衣は自分の気持ちから入内（結婚）を望んだわけではなかったのである。

しかも「もっと生きていたかった」のである。

その気持ちを受け取った、その後の物語の女君たちは、その境遇なりに精一杯、生きた。中には朧月夜のように、朱雀帝に入内しながらも、好きな源氏と逢瀬を続けた女君もいたし、まれに雲居雁のように、はなから好きな夕霧と結婚を遂げた女君もいた（のちに夫を別の妻と共有することを余儀なくされたが）。

現代の女性であれば、好きでもない男と結婚するなんて、というようなことが『源氏物語』ではわんさかあるわけで、あげくの果てにいじめられて死ぬとなったら、本当につらいことに違い

ない。

「生きていたい」「自分が選んだわけでもない結婚なんてしたくなかった」という物語最初のヒロインの気持ちを受け継ぎ、その願いを叶えたのは、物語最後のヒロイン・浮舟だった。

彼女は自殺未遂を助けられたことで、生き続けることになり、自ら選んだ出家によって「もうこれで結婚しなければと思わなくて済む」という喜びを得た。

男たちや母とはすれ違ったまま終わったけれど、桐壺更衣の得られなかった「生きる道」を得ることができた。

そんな彼女の生存を知った薫は、彼女の異父弟の小君を使いに寄越し、再会を願うが、浮舟は、

「宛先違いなのでは」

と突っぱねる。あの、なよなよと、人に従うだけだった浮舟が、男たちに翻弄されていた浮舟が、きっぱり意思表示したのである。それを受けた薫が、

「また男が隠して囲っているのか」

と邪推するところで、四代七十六年以上にわたる『源氏物語』は幕を閉じる。

尻切トンボに思われがちなこのラストが、不思議な明るさに満ちているのは、浮舟が自分で自分の生きる道を選び取るという桐壺更衣以来の女君たちの宿願を、実現しているからに他なるまい。

おわりに　紫式部のメッセージ

彰子サロンを挙げての『源氏物語』製作プロジェクト

『源氏物語』は、今から千年以上前、一〇〇八年ころに成立した。成立年が分かるのは、『源氏物語』の製本作業と共に、敦成《あつひら》親王（後一条天皇）の誕生記事が、『紫式部日記』に記されているからだ。後一条天皇の生年ははっきりしているので、おのずと『源氏物語』の書かれた時期も分かるわけである。

『紫式部日記』によると、『源氏物語』は、作者の紫式部と、女主人の彰子中宮を中心に、清書され、製本されていった。

出産後の彰子が内裏に還御する時期が近づく中、紫式部は夜が明けるとすぐに彰子の御前に伺候して、色とりどりの紙を選り整えて、物語の原本を添えては、各所に書写を依頼する手紙を書いて配る。一方では、書写したものを製本するのを仕事に明かし暮らしていた。それを見た道長は、

「どこの子持ちが、この寒いのに、こんなことをなさるのか」

と中宮に申し上げながらも、上等の薄様《うすよう》（薄く漉いた鳥の子紙）や筆、墨、硯まで持って来る。それを中宮は紫式部に下賜なさる。

と、こんなふうに、『源氏物語』は、彰子とその父・道長をパトロンに、作者の紫式部を最高責任者として、彰子サロンを挙げての一大プロジェクトとして製作された。

娘を天皇家に入内させ、生まれた皇子の後見役として貴族が繁栄していた当時、娘の局に天皇（東宮）の足を運ばせることは貴族の大仕事であった。サロンを盛り立てるために才色兼備の女房たちが雇われ、その一部は出仕前から書かれていたとされる『源氏物語』も、彰子サロンの評判を高めるべく、公達が足を運ぶよう、ひいてはミカドのお越しが頻繁になるよう、目玉商品として担ぎ上げられた。

嫉妬し、嫉妬される紫式部

勢い、紫式部はその地位に比して優遇され、嫉妬の的ともなった。

中宮の内裏還御の車で、紫式部と同乗した女房が不満顔をしたり、一条天皇が「この人は日本紀（日本書紀）を読んでいるね。実に学識がある」と仰せになったのを、小耳に挟んだ左衛門の内侍という内裏女房が、当て推量に「すごく学識ぶっているんですって」と殿上人に言い触らし、〝日本紀の御局〟とあだ名を付けたりもした。そう日記に書き残した紫式部は、「実家の召使の前ですら慎んでいるのに、宮中なんかで学識ぶるわけないじゃない」と皮肉っている。ましてや彰子中宮に『楽府《がふ》』という漢籍を進講していると知ったら、あの内侍はどんなに悪口を言うだろう、そう思った紫式部は、万事につけて世の中は煩雑で憂鬱なものだ……という気持ちになっている。

一方で、紫式部は、宮仕えをしていない貴族女性に嫉妬の念を抱いてもいた。

仲良しの同僚・小少将の君と、宮仕えの愚痴などを言い合っていると、公達が次々とやって来てことばを掛けてくる。適当にあしらうと、公達はそれぞれ家路へと急いで行く。それを見た紫式部は、

「どれほどの女性が家に待っているというのか……と思いながら見送った」（〝何ばかりの里人ぞはと思ひおくらる〟）

そう記してから、

「我が身に寄せてそう思うのではありません。世間一般の男女の有様とか、小少将の君がとても上品で可愛らしいのに、世の中を情けないものと痛感していらっしゃるのを見ているからです。父君の不運から始まって、〝人のほど〟（人柄身分）の割に、〝幸ひ〟（ご運）が格段に悪いようなので」

と言い訳している。

小少将の君にこと寄せてはいるが、紛れもない紫式部の感想である。どれほど優れているとも思えないのに、男の家路を急がせるほどに大事にされている女がいる。それに比べて、私や小少

将の君は、煩わしい宮仕えの身の上という不運。

「さし当たっては恥ずかしい、ひどいと思い知るようなことだけは免れてきたのに、宮仕えに出てからは、全く残ることなく我が身の情けなさを思い知ったよ」(〝さしあたりて、恥づかし、いみじと思ひしるかたばかりのがれたりしを、さも残ることなく思ひ知る身の憂さかな〟)

と嘆く紫式部の、世の理不尽への憤慨と、幸運な妻たちへの嫉妬の念が、ここにはある。

紫式部の「処世術」

紫式部は宮中で、嫉妬し、嫉妬されていた。

他人の嫉妬を避けるための手立てであろうか、人前では一という漢字すらちゃんと書かないようにしたり、つとめて目立たぬように振る舞ったりした。結果、

「おっとり者と人に見下されてしまった」(〝おいらけものと人に見おとされにける〟)

しかしこれこそが彼女が望んだことであり、おかげで彰子中宮からも「ほかの人よりもずっと仲良くなったわね」と仰せを頂き、紫式部は宮仕えで居場所を得た。

『紫式部日記』から浮かび上がる、彼女が自身に課している処世術は、「出る杭にならず、程良く中庸に生きる」というものであった。『源氏物語』が好評を博し、彰子の家庭教師として重用されたことからすると、紫式部の処世術は成功したと言っていい。

そんな紫式部は、『源氏物語』でヒロインの紫の上にこう思わせている。

「女ほど、身の振り方が窮屈で、哀れなものはない」（〝女ばかり、身をもてなすさまもところせう、あはれなるべきものはなし〟）（「夕霧」巻）

さらに、

「感動したり、面白いと思うことがあっても、分からないふりをして引っ込んで、隠れたりしていたら、一体何によって生きている張り合いを感じたり、無常な世の寂しさをも慰めたりすることができるだろう。だいたい世の仕組みも分からない、話しがいのない人間になってしまったら、育て上げた親としても残念でたまらないのではないか。言いたいことも心にしまってばかりで、〝無言太子〟とか、小法師どもが悲しいことのたとえにしている昔の人のように、悪いことも良いことも分かっていながら埋もれているとしたら、何のかいもないではないか」（〝もののあはれ、をりをかしきことをも見知らぬさまに引き入り沈みなどすれば、何につけてか、世に経るはえばえしさも、常なき世のつれづれをも慰むべきぞは。おほかたものの心を知らず、言ふかひなき者にならひたらむも、生《お》ほしたてけむ親も、いと口惜しかるべきものにはあらずや。心にのみ籠めて、無言太子とか、小法師ばらの悲しきことにする昔のたとひのやうに、あしき事よき事を思ひ知りながら埋《うづ》もれなむも、言ふかひなし〟）

と続ける。

無言太子とは波羅奈国の太子で、何もかも悟っていたため、生まれて十三年間、無言でいた。それで王に生き埋めにされそうになった時、初めて喋ったので生き延びたという『仏説太子慕魄経』などに見える説話である。

感情表現を抑え、知識も披露する機会がなくては、何を喜びに生きていけようかというのである。

この心内語は紫の上ではなく、源氏のものという説もあるが、いずれにしても紫式部の考えを反映していよう。

生半可に〝さかしだち、真名書きちらし〟（利口ぶって漢字を書き散らし）、ものが分かった顔をしている人の行く末は〝いかでかはよくはべらむ〟（ろくなものではありません）と清少納言をこきおろし、人前では、一という文字すら書きおおせぬふりをした紫式部は、その実、誰よりも感情表現や知識を披露する喜びを求めていたのである。

作家の思想を超えた浮舟の境地

時に作家は、登場人物に自己を仮託しながらも、その登場人物が作家の思想を超えて、思いも寄らぬ境地に達することがあるものだ。

その境地に達したのが、最後のヒロイン浮舟ではないか。

女房腹という『源氏物語』で最も低い階級を与えられた浮舟は、物語に登場時、無言太子さながらことばを発せず、何も感じていないかのようだった。それがしまいには、出家をしたいという意志を貫き、血縁も地縁も超えた疑似家族の中で、生きていくという選択をした。

もとより作者の紫式部自身は父親ほどの年齢の男と結婚し、子をもうけ、夫と死別後、意に染まぬ宮仕えに出たわけだが、彼女の綴る物語の果てには、結婚も出産も拒む若い女の姿があった。

恋しい母とも再会せず、男ともすれ違ったまま生きていくその姿は、物語ができた当初は愚かしく見えたかもしれない。

だが。

〝数ならぬ人〟〝かの人形《ひとがた》〟〝形代《かたしろ》〟と親や男に呼ばれ、〝かくまではふれたまひ〟（こうまで零落なさって）と、横川の僧都にも形容された浮舟が、「家族」を再生産する道を離れ、誰の身代わりでもない自身の人生を、心もとない足取りながら歩もうとする様は、今に生きる私にとっては、不思議なすがすがしさと解放感を覚える。

先に浮舟の到達した境地は作家の思想を超えていたといったようなことを書いたが、紫式部は「こんなにも落ち込んでもよさそうな身の上なのに、ずいぶん上流ぶっているわねと、女房が言っていたのを聞いて」（〝かばかりも思ひ屈じぬべき身を、「いといたうも上衆めくかな」と人の言ひけるを聞きて〟）こんな歌を詠み残してもいた。第一章では詞書だけ紹介した、その歌とは、〝わりなしや人こそ人といはざらめみづから身をや思ひ捨つべき〟（理不尽なことよ。他人こそ、自分を人間扱いしないとしても、自分で自分を見捨てていいはずはないでしょう）

自分だけは自分を見捨てるべきではない、というのである。

嫉妬と階級の渦巻く宮仕え生活の中で、そんな心境に達していた紫式部。その思いは、「身代わりの女」というモチーフを繰り返した『源氏物語』の一つの到達点……他者の身代わりでい続ける世界から抜け出して、最後の最後に生きることを選び取った浮舟の行き着いた境地に、そして嫉妬と格差にまみれた今に生きる我々に響き合っている。

数百年、千年残る古典文学には、未来へのメッセージが込められている……と、私が言い続けるゆえんである。

『源氏物語』の嫉妬年表

源氏年齢	出来事
	桐壺更衣、桐壺帝に熱愛され、女御・更衣の〝そねみ〟で衰弱。
1	桐壺更衣、若宮（源氏）出産。周囲の嫉妬といじめ、加速。
3	桐壺更衣、死去。帝の使いに、更衣の母、帝寵による娘の横死を恨む。
4	弘徽殿女御（→弘徽殿大后）腹の第一皇子（朱雀帝）、東宮に。
6	桐壺更衣の母、死去。
8〜11	帝、若宮を臣籍に下し、源氏に。
	亡き桐壺更衣に似た先帝の四の宮（藤壺女御→藤壺中宮）入内。源氏、慕う。弘徽殿女御、憎む。
12	源氏、元服。左大臣の娘・葵の上と結婚。
17	雨夜の品定めにて、左馬頭、理想的な嫉妬を語る。
	源氏、方違えで訪れた紀伊守邸にて空蟬を犯す。空蟬、〝数ならぬ身〟を思い、二度と応じず。
	源氏、六条御息所に忍び通うころ、夕顔を発見。廃院でデート中、嫉妬する物の怪を夢に見、夕顔変死。
18	源氏、病の加持で訪れた北山で紫の上を発見。その母は紫の上誕生のころ、正妻の圧力

によるストレスで死去。
源氏、藤壺と密会、藤壺妊娠。
源氏、紫の上を引き取る。葵の上の心とけず。
源氏、末摘花と関係。
19 藤壺、皇子（冷泉帝）を出産。
20 源氏、朧月夜と関係。
21 桐壺帝譲位、朱雀帝即位。
22 妊娠中の葵の上と六条御息所の車の所争い。御息所の物思い深まる。
葵の上、御息所の生き霊に取り憑かれ、夕霧を出産後、死去。
源氏、紫の上を犯して結婚。紫の上苦悩。
23 桐壺院、崩御。
24 藤壺、源氏の懸想を避け、出家。
25 源氏、かつて関係した花散里（父帝の妻・麗景殿女御の妹）と昔語り。
源氏、朧月夜との密会をその父・右大臣に見られる。朧月夜の姉で朱雀帝の母・弘徽殿大后、激怒。
26 源氏、須磨で謹慎。
27 源氏、明石の君と関係。ほのめかされた紫の上、程良く嫉妬。心打たれた源氏、猛省。
28 源氏、帰京。
末摘花のオバ、受領の妻となって末摘花の両親にバカにされた過去の恨みから、末摘花を娘の召使にしようと画策。

29 朱雀帝譲位、冷泉帝即位。
明石の姫君誕生。紫の上〝もの怨じ〟。
源氏、花散里訪問の途次に末摘花を訪問。

31 六条御息所の遺児・前斎宮（→秋好中宮）、冷泉帝に入内。
明石の君、身分の低さから姫君を手放し、姫君を養女に迎えた紫の上の嫉妬、収まる。

32 藤壺崩御。冷泉帝、夜居の僧都から出生の秘密を明かされ驚愕。
源氏、朝顔の姫君に執心。深刻に考えた紫の上、嫉妬を見せず。

33 夕霧と雲居雁、仲を引き裂かれ悲嘆。夕霧、惟光の娘・藤典侍と関係。

35 夕顔の遺児・玉鬘（父は内大臣＝昔の頭中将）、源氏の六条院に迎えられ花散里が後見。

36 源氏、玉鬘にセクハラ。

37 玉鬘、鬚黒に犯され、結婚。鬚黒北の方、激しく嫉妬。

39 夕霧、雲居雁と結婚。
明石の姫君（明石の女御→明石の中宮）、東宮（今上帝）に入内、紫の上の計らいで明石の君が後見役に。母娘再会。

40 朱雀院の愛娘・女三の宮、源氏に降嫁。紫の上、他の妻たちから〝いかに思すらむ〟と消息。苦悩するも嫉妬を見せず。

41 明石の女御、第一皇子を出産。

46 冷泉帝譲位、今上帝即位。第一皇子が東宮となり、その祖母として明石の君、安泰。帝の異母姉妹の女三の宮、二品になり威勢が増す。二人に比べ、夫だけが頼りの紫の上、将来を悲観、出家を望むが許されない。

47 紫の上、発病。

柏木、落葉の宮（女二の宮）と結婚後も諦め切れず、女三の宮を犯し、以後も逢う。

事実を知った源氏、柏木に皮肉を言い、女三の宮をいびる。

48 女三の宮、薫を出産、父・朱雀院を頼み出家。柏木、衰弱死。

夕霧、故柏木の妻・落葉の宮と交流。

50 夕霧の正妻・雲居雁、激しく嫉妬。

夕霧、落葉の宮と結婚。雲居雁、一時的に父邸に帰る。

51 紫の上、出家を許されぬまま死去。

52 悲しみに沈む源氏、召人の中将の君とだけ交わる。

薫年齢　出来事

20 薫と故源氏の異母弟・八の宮の交流始まる。

22 薫、八の宮の姫たち（大君と中の君）を垣間見る。

八の宮、姫たちの後見を薫に依頼。

薫、八の宮家に仕える老女房の弁から自らの出生の秘密を知り、姫たちも知っているのではと邪推、執着強める。

23 八の宮、再び姫たちの後見を薫に託し、姫たちには宇治を離れぬよう遺言して死去。

24 薫、大君に迫るが拒まれる。
大君、妹の中の君を薫に差し出すが、薫は匂宮を中の君の寝所に送り込む。匂宮は中の君と契り、薫は大君に拒まれる。

大君、匂宮と夕霧の娘・六の君の縁談を知り、当の中の君以上に悲嘆し拒食。出家を願うが、許されぬまま衰弱死。
25 匂宮、六の君と結婚。嘆く中の君、薫を頼って迫られ、劣り腹の妹・浮舟の存在を教える。
26 薫、女二の宮と結婚。
浮舟を妊娠後、八の宮に捨てられ受領の後妻になった中将の君、浮舟に縁談を用意するも、財産目当ての相手が受領の実子に乗りかえたため、浮舟の庇護を中の君に依頼。

中将の君、中の君を羨み、自身も中の君の故母・北の方とは他人ではないのに、女房というだけで人の〝数〟に入れられず、侮られる現状を恨み、浮舟だけは上流の世界にと決意、薫と縁づけるよう中の君に託す。

匂宮、浮舟を中の君に仕える女房と勘違いして迫る。

母により三条の小家に移された浮舟と、薫、関係。故大君の代わりとして宇治に置く。
27 匂宮、薫を装い、浮舟を犯す。
匂宮と浮舟の関係、薫に発覚。苦悩した浮舟、東国での男の嫉妬による殺人事件を知り、恐怖・失踪。遺体のないまま浮舟の葬儀。

匂宮、悲嘆により発病。見舞った薫、嫌味を言う。その後、二人は日常を取り戻す。

28

見知らぬ僧尼に助けられていた浮舟、出家。

薫、浮舟の生存を知り、手紙を出すが、浮舟は宛先違いと主張。薫は誰かに囲われているのかと邪推。

参考原典

本書で引用した原文は、以下の原典に依る。
参考文献については、本文中でそのつど記した。

阿部秋生・秋山虔・今井源衛校注・訳『源氏物語』一～六　日本古典文学全集　小学館　一九七〇～一九七六年
橘健二・加藤静子校注・訳『大鏡』　新編日本古典文学全集　小学館　一九九六年
東京大学史料編纂所編纂『小右記』七　大日本古記録　岩波書店　一九八七年
小松茂美編『北野天神縁起』　続日本の絵巻　中央公論社　一九九一年
中野幸一校注・訳『紫式部日記』、犬養廉校注・訳『更級日記』……『和泉式部日記・紫式部日記・更級日記・讃岐典侍日記』　新編日本古典文学全集　小学館　一九九四年
南波浩校注『紫式部集　付　大弐三位集・藤原惟規集』　岩波文庫　一九七三年
山本利達校注『紫式部日記・紫式部集』　新潮日本古典集成　一九八〇年
松尾聰・永井和子校注・訳『枕草子』　新編日本古典文学全集　小学館　一九九七年
岡見正雄・赤松俊秀校注『愚管抄』　日本古典文学大系　岩波書店　一九六七年
倉本一宏訳『藤原行成「権記」全現代語訳』上・中・下　講談社学術文庫　二〇一一～二〇一二年
西尾光一・小林保治校注『古今著聞集』上・下　新潮日本古典集成　一九八三年・一九八六年
山中裕・秋山虔・池田尚隆・福長進校注・訳『栄花物語』一～三　新編日本古典文学全集　小学館　一九九五～一九九八年
黒板勝美・国史大系編修会編『尊卑分脈』一～四・索引　新訂増補国史大系　吉川弘文館　一九八七～一九八八年
『本朝皇胤紹運録』……塙保己一編『群書類従』第五輯　訂正三版　続群書類従完成会　一九八七年

小島憲之・直木孝次郎・西宮一民・蔵中進・毛利正守校注・訳『日本書紀』一〜三　新編日本古典文学全集　小学館　一九九四〜一九九八年
川端善明・荒木浩校注『古事談・続古事談』新日本古典文学大系　岩波書店　二〇〇五年
中田祝夫校注・訳『日本霊異記』新編日本古典文学全集　小学館　一九九五年
中村義雄・小内一明校注『古本説話集』……『宇治拾遺物語・古本説話集』新日本古典文学大系　岩波書店　一九九〇年
三谷栄一・三谷邦明校注・訳『落窪物語』……『落窪物語・堤中納言物語』新編日本古典文学全集　小学館　二〇〇〇年
中野幸一校注・訳『うつほ物語』一〜三　新編日本古典文学全集　小学館　一九九九〜二〇〇二年

本書は「新潮」において令和五年一月号から十月号まで連載された「嫉妬と階級の『源氏物語』」をまとめ、加筆したものである。

系図デザイン　クラップス

新潮選書

嫉妬《しっと》と階級《かいきゅう》の『源氏物語《げんじものがたり》』

著　者……………大塚《おおつか》ひかり

発　行……………2023年10月25日

発行者……………佐藤隆信
発行所……………株式会社新潮社
〒162-8711 東京都新宿区矢来町71
電話　編集部03-3266-5611
読者係03-3266-5111
https://www.shinchosha.co.jp
シンボルマーク／駒井哲郎
装幀／新潮社装幀室
印刷所……………大日本印刷株式会社
製本所……………株式会社大進堂

乱丁・落丁本は、ご面倒ですが小社読者係宛お送り下さい。送料小社負担にてお取替えいたします。価格はカバーに表示してあります。

ISBN978-4-10-603903-4　C0393